汤姆·斯威夫特和太阳能装置

【英】维克多·阿普尔顿II 文
燕锐锋 等图
刘庆双 等译

江西·南昌
江西科学技术出版社

图书在版编目（CIP）数据

汤姆·斯威夫特和太阳能装置 /（英）维克多·阿普尔顿Ⅱ文；燕锐锋等图；刘庆双等译. —— 南昌：江西科学技术出版社, 2018.3（2024.1重印）
（汤姆·斯威夫特丛书）
ISBN 978-7-5390-5865-8

Ⅰ.①汤… Ⅱ.①维…②燕…③刘… Ⅲ.①儿童故事 – 英国 – 现代 Ⅳ.①I561.85

中国版本图书馆CIP数据核字(2017)第046874号

国际互联网(Internet)地址：http://www.jxkjcbs.com
选题序号：KX2016054
责任编辑：饶春垚

汤姆·斯威夫特和太阳能装置
TANGMU SIWEIFUTE HE TAIYANGNENG ZHUANGZHI

〔英〕维克多·阿普尔顿Ⅱ 文；
燕锐锋 等图；刘庆双 等译

出版发行	江西科学技术出版社
社址	南昌市蓼洲街2号附1号
	邮编：330009 电话：（0791）86623491 86639342（传真）
印刷	三河市嵩川印刷有限公司
经销	各地新华书店
开本	700mm×1000mm 1/16
字数	114千字
印张	11
版次	2018年3月第1版 2024年1月第2次印刷
书号	ISBN 978-7-5390-5865-8
定价	39.00元

赣版权登字-03-2017-40
版权所有　翻印必究
（赣科版图书凡属印装错误，可向承印厂调换）

前言 QIANYAN

人总是离不开阅读，特别是在现代化信息时代，阅读无疑更是我们难求的一片宁静港湾，让我们有机会去感受、去体悟、去反思、去认证我们的这个世界和未来的世界。

科幻小说是一种起源于近代西方的文学体裁，在尊重科学结论的基础上进行合理设想后形成的文学作品，具备"逻辑自洽""科学元素""人文思考"三个要素。科幻小说与一般的传统小说不同，其特殊性在于它与科学技术的发展有着直接的联系，能让读者间接了解到科学原理。但它又是一种文艺创作，它扎根于社会现实，反映社会现实中的矛盾和问题，在科学技术发展的方向上，提供若干有参考价值的预见。有时，某些科学发明尚未出现，科幻小说里则已经进行生动的描绘，如潜水艇、机器人和宇宙航行等。

著名文学评论家布哈伊·哈桑曾说，科幻小说可能在哲学上是天真的，在道德上是简单的，在美学上是有些主观的，或粗糙的，但就它最好的方面而言，它似乎触及了人类集体梦想的神经中枢，解放出我们人类这具机器中深藏的某些幻想。

阅读科幻小说至少让我们有如下的感受：

一、文学的轻松愉悦

科幻小说的主题非常明显，它会涉及"未来"和"未知"、"科学"和"规律"、"生命"和"文明"、"生存"和"冒险"等等，每一本科幻小说都是一个全新的世界，每一次阅读都是一段全新、充满惊喜的精神旅程。

二、科学与严谨的想象

爱因斯坦说过，想象力比知识更重要，因为知识是有限的，而想象力概括着世界上的一切，推动着进步，并且是知识进化的源泉。通过阅读科幻小说，感悟其中的想象力，在人文、哲理的思索上，在思想道德意识的增强上所起到的作用是潜移默化的、是发散性的，其威力是不可估量的。

三、引发科学与理性的思考

科幻小说中的"科学方法"是一种有系统地寻求知识的程序，涉及"问题的认知与表述""观察与实验搜集证据""假说的构成与测试"。简单地说就是一个科学理论要经过观察、解释、预测、确认、评估、发表的程序，才能从一个假设发展成原理。科幻小说的"理性思考"就是遵从客观规律、进行逻辑分析的思考方式。

《汤姆·斯威夫特》系列曾是国外流行的科普小说，书中很多的科幻内容今天都已经变成了现实，它曾影响了几代读者，它伴随了很多人的成长。现以中文出版此书，相信书中的情节与科学，也会给中国读者带来同样的快乐体验。

目录 MULU

第一章　电力紧缺……………………………………001

第二章　咻咻作响的金属……………………………011

第三章　神秘呼叫者…………………………………019

第四章　危险区域……………………………………026

第五章　激动人心的计划……………………………035

第六章　危险的一夜…………………………………043

第七章　抗招供剂……………………………………050

第八章　太空前哨站…………………………………059

第九章　失去知觉……………………………………070

第十章　救生索………………………………………079

第十一章　惊人的消失………………………………088

第十二章　莫名来信…………………………………097

第十三章　秘密公式…………………………………105

第十四章　月球搜救…………………………112

第十五章　半埋的火箭………………………121

第十六章　受困深渊…………………………126

第十七章　意外的火箭………………………135

第十八章　奇妙的捕获………………………142

第十九章　休战之旗…………………………151

第二十章　营救之役…………………………160

第一章　电力紧缺

"呼叫汤姆·斯威夫特！"

"风洞出现电源故障！"

"嘿，金属冲压部门的压力机也停运了。"

在斯威夫特企业集团的大型实验站中，激动的声音透过大喇叭从汤姆·斯威夫特的私人实验室中传出来。电话正响着，发出刺耳的声音。一位十八岁的年轻人，他身材瘦高，长相帅气——他关闭了实验设备，拿起听筒。

"我是小汤姆。"

"看在上帝的份儿上，淡定点，机长！"电话另一头喘息着说，"你把主断路器都给关了！"

"电路超负荷了。"汤姆回应道，"我刚做完实验。"

电话刚挂，一个强壮的黑发青年闯进了实验室。"嘿，天才少年，到底发生了什么？"巴德·巴克利质问道，"你要毁了这里吗？"

汤姆苦笑道："巴德，放松点，我只是在检测制造物质的新设备。我安排发电厂先切断那些备用发电机,但这样还是不能满足目前的用电量。"

巴德瘫坐在实验室的凳子上,擦了擦额头:"呦,我以为有人要炸了实验站呢!连无线发射塔都开始——"

突然间,他的话音减弱,瞪着年轻的发明家:"你刚才说物质生成器?"

汤姆看着朋友惊讶的表情咯咯地笑出声来。巴德·巴克利是他的密友,也是他空中航行和太空航行的副驾驶员。

"没错,伙计。"汤姆解释道,"实验台上装配的这个试用模型是用来把电能转化成物质的。"

巴德摇了摇头:"伙计,这个戏法可比从帽子里变出一只兔子难得多,这可是凭空造出东西来!"

"也不全是吧。"汤姆大笑着说道,"你不能说原子弹爆炸是凭空的,对吧?"

"我想说,这可不是凭空摆弄着玩的。"巴德戏谑道,"你刚才的话怎么讲?"

"嗯,原子裂变的过程就是物质转化成能量的过程,这个方案就是反其道而行之。这两种方式都是以爱因斯坦的著名方程式$E=MC^2$为基础的,意味着能量和物质可以互相转换,他们只是同一物质的两种不同形式。"

巴德若有所思地搔了搔头:"我认为,这就像水和冰。听起来不错,但是怎么做呢?"

汤姆抓过纸笔,说道:"其实非常简单——至少原理很简单。爱因斯坦证明,随着物质不断接近光速,其质量会增加,他只用这一个小等式就全包含在内了。"

看着汤姆的铅笔在纸上飞舞,巴德倒吸了一口气,说道:"伙计,你说那只是一个小小的等式?这对我来说相当于需要计算一整晚的数学题,拜托你说简单点。"

"好吧。"汤姆笑着说,"我的新发明就是取物质中的粒子,将其不断加速旋转,直到接近光速。"

"物质旋转越快,质量就会越大?"巴德问道。

"是的,在我的实验设备上,我以铂金屏为对象,结果质量只有略微的增加。但是我正在建立一个新模型,希望它生产足够的物质,能测到实际重量。"

"太棒了,教授!"巴德欢呼道,拍了拍同伴的后背,"但是这个设备是用来做什么呢?科技魔法秀?"

"不是。"汤姆回答道,"用来帮我们探索太空,也许能帮我们统治月球。"

巴德兴奋地瞪大了眼睛:"机长,现在我能听得懂了!快给我讲讲详情!"

"嗯,在月球上,或者当我们在太空中遨游的时候。"汤姆解释道,"我们接触不到供给源,如果这个设备能够生成氧气、水,甚至燃料和食物的话,那我们远离地球也能生存,多久都没问题。"

"哇!"巴德从实验室的凳子上跳了起来,"汤姆,那就意味着我们真的可以探索太空——甚至可以访问最远的行星了!"

年轻的发明家点了点头,咧嘴笑了:"完全正确。但是伙计,眼下不要期望过高,我的设备还不完美,还需要更多的电力来进行实验。"

汤姆的话被另一个声音打断了:"哇,请你吃铅弹,下次我尽量在用电量爆炸前带一个过来!"

一个矮胖、长着罗圈腿,面色沧桑的人走进实验室时,男孩们都咧嘴笑着,抬头看他。乔·温克勒是企业集团的大厨,他头戴一顶白色的厨师帽,脚穿一双高跟的牛仔靴,在他丰满的腹部前推着餐车走来。

"乔,听起来你像是遇到了什么麻烦。"汤姆同情地说道。

"麻烦?朋友,我真是惨透了!那都归功于你的实验,我用搅拌器榨柠檬汁时机器中断,然后就再也无法启动,现在我只有两打没做熟的饼皮。"乔分发餐车食物时非常不满地嘟哝着,"伙计们,这就是你们的午饭——生豌豆和苹果酱。"

"我看着不错呀。"汤姆说道,二人都拼命地往嘴里塞着食物。

"不错就好,伙计,我目前也就能给你们这些了。像你这样瞎摆弄各种电源还没触电身亡,真是够幸运的啦!"

第一章 电力紧缺

汤姆偷偷地笑着。他知道在这个厨师坚韧的外表下,是阳光一样温暖的心。乔·温克勒以前在A国西南部做流动炊事车的厨师,斯威夫特家到那进行一次原子研究项目时与他相识。他非常欣赏汤姆,答应与他们一起回肖普顿,继续在企业集团里担任厨师。当他们外出探险时,乔总是同行的厨师。

"乔,可能你还不知道。"巴德顽皮地说道,"汤姆正在研发一种新方法来置办你的杂货店,这样下次太空旅行的时候你就什么都不用带了。"

乔瞪着年轻的副驾驶员:"不可能,你们这些小家伙,别骗我了!"

"是真的。"巴德坚称,"他让咱们以后不用电就能吃到东西了。"

"不用电!"乔黝黑而布满皱纹的脸吓得苍白,"伟大不朽的神啊!头儿,是真的吗?"

"嗯——可以这么说吧。"汤姆犹豫地回答道。

"请你吃炖野牛!"乔抱怨道,"你认为我能在厨灶或强大的电流下掌勺?哎呀!首先你要知道,我可能把太空舱都给炸了——"

"咳,乔,淡定点!"汤姆笑着打断了他,"我正尝试用电能生成物质,但是这并不意味着你做饭时要考虑什么伏特或者安培。"他简单地解释了他的发明,乔一直担忧地皱着眉头听着。"还有就是,"汤姆最后说道,"我还不知道我的发明能否成功。"

"喔,只希望咱们最后不是给抬出屋的——用担架!"乔抱怨不已。

汤姆还在笑,他吃完饭给肖普顿电力光学公司打了个电话,他问经理能否安排市里的发电厂给企业集团增加供电量。

"汤姆,很抱歉。"经理回答道,"我们的设备已经超负荷了,恐怕在我们的新反应堆厂房建成之前是帮不了你了。"

"我理解。嗯,总之谢谢了。"年轻的发明家说完挂掉了电话。

就在这时,汤姆的爸爸来到实验室,大家都起身跟他打招呼。

父子俩非常相像,尤其是他们敏锐的双眸,但小汤姆略显高壮。斯威夫特先生在凳子上坐下,大家也都坐下了。汤姆和爸爸讲述了电力故障的事。

"电力公司帮不上忙吗?"巴德问。

汤姆摇摇头。"看来如果要继续实验的话,我得去一趟大本营。"大本营是斯威夫特家在西南部的大型原子研究中心,"在那儿有我们新的发电厂,我需要的电力应该足够了。"

"儿子,可能在那机会最好了。"斯威夫特先生说道,"对了,带泰德·斯普林一起去吧?"

"好主意,爸爸,他以后要和我们一起进行太空飞行,也

要对这个项目更熟悉,我这就打给他。"

几分钟过后,泰德·斯普林来实验室报告。他二十二岁,身高体壮,一头浅色头发。他毕业于一所航天工程学院,在加入斯威夫特企业集团前,接受过太空宇航员的专门训练。

"斯威夫特先生你好,大家好!"他跟大家打招呼,"怎么了?是不是很快就要开启我的首次太空之旅了?"

"我想说看来你已经蓄势待发了。"斯威夫特先生亲切地笑着,"但是首先我们想让你和汤姆一起去大本营研究一个新项目。"

斯威夫特先生对这名年轻的工程师飞行员非常亲切。泰德的爸爸不仅是他的一位老友,还是斯威夫特工程公司的一位爆破测试飞行员。他在最近一次试飞中丧生,从那以后,斯威夫特先生就像爸爸般对待年轻的泰德。

"我正尝试开发一台可将能量转化为物质的新设备。"汤姆解释道,"我这里的测试设备看似有望成功,但我还需要大量的电来完善实际的模型,所以我必须要到大本营去继续实验。"

很快,汤姆阐释了他新发明的原理,展示了他首个操作设备模型的设计图。泰德深受触动。

斯威夫特先生一只手揽过汤姆的肩膀:"儿子,这是继原子能开发以来人类进行的最先进的实验,我想说你思路很正确,如果你的项目成功了,那将是科学界的一大里程碑!"

汤姆自豪得脸红起来。"如果没有您的帮助,我也到不了今天。"他小声地说。

"怎么会呢,孩子。"斯威夫特先生笑道,"这是你自己的项目,今晚我们再继续谈。泰德,今晚要和我们共进晚餐吗?巴德,你也来吧。"

巴德热切地点头示意,泰德也同意了,说道:"先生,我非常乐意!"他们都熟知斯威夫特夫人的热情好客和一手好厨艺,巴德今晚想来还有一个原因。汤姆那活泼可爱的妹妹桑迪也会到场,巴德觉得与她约会是最开心的。

正如预期那样,炸鸡和碎肉烤饼的晚餐非常可口。巴德和桑迪相邻而坐,聊天打趣。斯威夫特夫人转身看着泰德。斯威夫特夫人娇小迷人,她避开了外界因为丈夫和儿子出名而给她的关注,将时间放在持家和款待来客上。

"泰德,你妈妈最近怎么样?"斯威夫特夫人关切地问道。

"她很好,谢谢。"泰德回答完,突然露出了焦虑的神情,"提醒我了,几天前我曾有过一次奇怪的经历。"

"什么经历?"汤姆问道。

泰德说他很难启齿,但是他认为斯威夫特家有必要知情:"一个叫汉普郡的人给我打电话,说他是一名律师,声称能就我爸爸的意外为我和妈妈争取更大一笔钱,尽管斯威夫特企业集团已经给我们很多经济补偿了。"

"你知道,"泰德继续往下说,"我们对一切都很满意,你们对我和妈妈都很慷慨,但我想还是告诉你们汉普郡所说的话为好。"

"泰德,你做的完全正确,我很高兴你提起这件事。"斯威夫特先生回应道,"那个叫汉普郡的家伙还说别的了吗?"

泰德皱了皱眉:"这正是诡异的地方,他说想免费帮我处理这件事,只换取一些信息即可,我当然没什么兴趣,就把他打发了,但是我一直担心他暗地里会有什么动作。"

"我认为应该调查一下他。"汤姆坚定地说。

"儿子,我同意。"斯威夫特先生严肃地点了点头,"为什么不让工厂安保办公室的艾姆斯来看一下他能否查到这位汉普郡先生呢?"

"爸爸说的对。"

晚饭后汤姆拨通电话。哈伦·艾姆斯是企业集团安保部门的主管,他承诺立刻追查此事。

"你从大本营回来之时我会给你一个答案。"

次日清晨,一架货机从机库缓慢推出,在企业集团的一条跑道上准备起飞。设备部件逐个就位时,汤姆检查了一遍,其中包括物质生成器首台工作模型的所有部件。

站在一旁的巴德打了个口哨。"哇,这些电子变压器真是些大家伙!"副驾驶员指着那些正被安装到货机上的铁"罐"说道,里面装着几台大型变压器。

汤姆笑着说:"是啊,它们对我在大本营的实验至关重要。"

最后,货物装载完成,机组人员登机。汤姆在控制台坐好,巴德在副驾驶。与此同时,泰德·斯普林到了机舱。塔台发来信号,汤姆开启节流阀,喷气机沿跑道呼啸而过。

很快,他们就在云端之上向西行驶。

巴德满怀兴奋地咧嘴笑着:"这是太空飞行,还是空中飞行——真是刺激!"

在接下来的一瞬间,货舱传来一声巨响,三人都吓了一跳。随后传来了刺耳的尖叫!

第二章　咔咔作响的金属

"我的天啊！怎么回事？"泰德气喘吁吁地说。

"赶快看一下。"汤姆说道，"巴德，你来驾驶！"

"收到！"

强壮的副驾驶员集中精力看着刻度盘和飞行仪器，汤姆冲出了隔间，泰德紧随其后。他们沿过道前行到货舱，痛苦的呻吟和哭叫声不绝于耳。

"情况大大不妙！"汤姆喃喃自语道。

到达货舱后，他们看见其中一台巨大的变压器从支架上松动，把一个叫杰斯·布朗的机组人员卡在了机舱隔板上，机组工程师和无线电技师正在奋力救他出来。

"机长，帮把手！"无线电技师拼命地呼喊道。

杰斯紧咬着牙来抑制疼痛，他的脸变得苍白，前额满是汗珠。汤姆、泰德和其他两个机组人员用尽力气来挪动变压器。

"没有用。"汤姆气喘吁吁地说完，打开对讲机和巴德通话，说明了情况，"飞机向右转舵——但是慢点，否则我们都会被压在底下。"

"收到！"巴德的声音传回。

过了片刻，飞行器大幅度倾斜，汤姆和他的同伴紧紧抓住对方。变压器慢慢地滑过甲板，向支架滑回去。

"马上把它捆紧！"汤姆怀里抱着伤员命令道。很快，其他人找来链棒和钢索将那个笨重而坚固的变压器捆住。汤姆示意巴德平稳飞行，然后大家帮忙把杰斯抬到最近的床铺，马上给他的鼻孔内滴入芳香氨水。

"机长，他怎么样了？"飞行工程师急切地问道。

"谢天谢地，肋骨没有骨折。"汤姆在急救检查后宣布道，"但是这些瘀伤也很严重。"他递过来一纸杯水，又从急救箱里拿出一些药片："杰斯，给，吃一片吧，疼得就不这么厉害了。"

"谢谢机长。"杰斯答道，"我已经感觉好些了，吸了氨水后头脑清醒了——但压在那里时，像被火烧一样！"

"没太糟糕，你很幸运了。"泰德插话道，"如果变压器边缘没落在甲板纵梁上，那整个重量就会都压在你身上了。"

汤姆拍了拍伤员安抚他："杰斯，在接下来的飞行中放松点，我们一到大本营就找医生给你检查。"

正午时分，他们正飞过大型原子研究中心所在的地点，是崎岖的荒原和沙漠郊外。峡谷和台地饱受侵蚀，色彩斑斓，意味着大本营就要到了。随后，地势趋于平坦，贫瘠的灌木丛绵

延数千米,直逼天际。

"多美的景色啊!"泰德喘息道,汤姆开始驾机低飞。"这里和企业集团一样大!"

一大块空地已经清理出,用于建造原子能工厂。成群的超现代实验室大楼和宿舍楼在白色混凝土建筑群的巨大中心结构周围呈风车状排列。所有的设施都装满带刺的铁丝网,旁边是一条沙漠小道。除了远处有几个原住民的村庄外,再看不见人影了。

"中心的白色建筑是反应堆。"汤姆解释道,"泰德,今天下午,我会安排人带你四处看看。"

六架无人机在工厂上方盘旋。汤姆发送无线电要求它们让路,然后将飞行器降落在跑道上,已有救护车在等待将伤员火速送往医院。过了一会儿,X光证实他没有骨折,也没有其他重伤。

"杰斯真是太幸运了。"巴德开着吉普车从医院大楼回来说道,同行的还有汤姆和泰德,"机长,现在在做什么?"

"吃午饭,"汤姆决定道,"然后开工。"

大家刚吃完饭就把笨重的变压器和其他设备从飞机上卸下,用卡车运到了汤姆的单层实验楼。一组线务员正在从发电所接线,年轻的发明家和他的朋友们停下了吉普车。

"机长,你想把这些罐子放在哪?"领班从上面喊话说,他对着那些变压器竖起了大拇指。

"把他们安到棚顶。"汤姆回话道,"后面的我来接手。"

"你在那将有一个常规变电所了。"泰德说道,"有什么安排?"

"这些高压线会从发电所带来一万伏电。"汤姆解释道,"变压器将其调低至480伏,你知道的,我的实验需要的电压不高,但电流强度要非常高。"

线务员忙着安装变压器时,汤姆走进实验室,开始安装他物质生成器的首个模型。这位年轻的发明家身手敏捷,让巴德和泰德看得入迷。"让我想想。电磁铁——正常,铸件——核对无误。"汤姆低声自语,然后转身看了一眼设计图,"太空巨洞系统不是电力控制。"

"他是怎么做到的?"泰德对巴德小声嘀咕道,看着设备逐渐成形,他们俩瞠目结舌。

宽阔的圆形外罩上立着柱子,上面是直径60厘米的圆顶。管道在这里与太空巨洞泵相连,控制设备装在单独的操作台上,上面有各种旋钮、刻度盘和示波器。

"伙计,我确信我会很讨厌为这个小装置排解故障!"巴德摇了摇头。

"有点像微型原子粉碎机,不是吗?"泰德问道。

"操作原理相同。"汤姆解释道,"但叫粒子加速器更合适,原子粉碎机利用高速粒子来轰击目标,造成人为辐射。该设备使粒子加速，只是要增加质量。"

"那这个底层的外罩就是粒子的跑道？"巴德插话说。

"可以这么说。"汤姆轻声笑道，"所谓跑道实际上是由磁铁提供的电磁场，还要创建一个太空巨洞环境，这样加速的粒子才不会被撞到空气分子中去。"

"到这我听得还算明白！"巴德戏谑道，"但你再说下去，我的大脑可理解不了了。"

"飞人，放轻松点——你已经做的够多了。"汤姆带着戏谑的同情说道，"我把这个装完，你同泰德来一场大本营观光游吧？"

"当然，讲解完这个再解释原子反应堆就小菜一碟了。"巴德咧嘴笑道，"泰德，我们走吧，让我们的天才忙他的拼图谜题吧。"

太空实习生大笑起来："好了，汤姆，一会儿见。"

两个同伴离开一小时后，汤姆完全安装好了新发明。随后他开车去了金属加工店，锻造了一些粗铜棒，用来将变压器电流导到他的设备上。

但是铜棒太重，汤姆将其丢弃后用铝重新打造。

"机长，做得好。"店员恰克·松顿说道，他赞叹地检查着汤姆的成果。

汤姆点了点头："这些铝棒比那些铜制的要轻得多，也能很好地传递电流。"

回到实验室，他安装了铝棒，很快就准备好给他的物质生成器进行第一次试运行。"要开始了。"他紧张地对自己说。

汤姆打开开关，调试了几个控制旋钮。然后屏住呼吸看着刻度表，这时混凝土建筑因巨大电流的嗡嗡声而不停作响。

汤姆太专注于实验，都没有注意到铝棒热得发红，铝棒在酷热下融化了，霎时间咻咻作响的金属四散飞溅。

"天啊！电路超负荷了！"汤姆向后倒下时大喊着遮住了眼睛。幸运的是他穿了一件有保护面料的实验外套。但是要关闭主开关，他需将胳膊径直伸过那片飞溅的火花和融化的金属！

"我——我够不着！"汤姆气喘吁吁地说着，手徒劳地摸索着开关。

热得发白的金属泡沫已经开始吞噬他袖子的面料，露出的皮肤带来了钻心的刺痛！

更糟糕的是，他把设备安装在实验室的一角，除了穿过咻咻作响的金属，没有其他的逃生方法。

"救命！"汤姆大喊道。

"机长！"一个惊恐的声音传来，汤姆听出是泰德·斯普林的声音，但他被火花闪得看不清他在哪。"我怎么能救你出去？"泰德发狂似的问道。

汤姆灵机一动。"门的右侧有一块大碳板。"他尽量保持镇定地喊道，"也许你可以拿它当盾牌用！"

第二章 咝咝作响的金属

"收到!"

那块板子有几十厘米长,将近1.2米宽。泰德用手抓过板子罩在头顶保持平衡,把腰弯得很低,冲向年轻的发明家。

融化的铝四散飞溅,酷热的温度就像一个小型炼狱。泰德设法把碳板插在汤姆和导体之间。一会儿,年轻的发明家爬了出来,死里逃生。

"把碳板给我。"汤姆命令道,挥手示意泰德退到安全的位置。汤姆从另一侧靠近检测设备,成功地关闭了电源。

他倚在长椅上。"泰德,谢谢你救了我。"他气喘吁吁地说,擦掉了前额的汗水。

"汤姆,我现在马上带你去医院!"泰德说道。

看着朋友烧焦的头发和满是水泡的皮肤,他什么也没说,但很担心他日后会留下严重的疤痕,需要住院几周,甚至几个月来治疗。

第三章　神秘呼叫者

"不要这么严肃嘛！我在研究别的发明时，烧伤比这严重多了。"

泰德勉强地笑了笑，把汤姆送到外面的吉普车上。"从现在开始别再把自己送上天了。"泰德回应道，"你像火箭一样在太空飞来飞去还不够刺激吗？"

泰德想到汤姆虽然说笑着，但一定疼得很厉害，他以最快的速度把车开到了大本营的医院，一个医生和两个护士马上把汤姆送进了检查室。

就在泰德焦急地等待着医生报告的时候，巴德·巴克利冲进了医院，脸吓得惨白。"刚听说汤姆出事了。"巴德气喘吁吁地说，"怎么回事？他怎么样了？"

"我也在等结果。"泰德回应道，"可能会很糟。"他向巴德简单描述了一下事故的经过。

半个小时后，医生面带笑容地走了出来，两人才真正松了口气。"你们可以放轻松了，小伙子们。"他说，"很庆幸汤姆的烧伤不严重。"

"他不会留疤吧?"巴德焦急地问道。

医生摇摇头:"不会,烧伤大部分在表皮,疼是肯定的,但是很快就能愈合。汤姆今晚要在医院住一宿,但我相信他敷的药明天就可以取下了。"

"谢天谢地!"巴德叹了口气。

"我们可以看看他吗?"泰德问道。

"当然,但是不要和他聊太长时间,汤姆的身体受了轻微的电击,目前休息就是最好的治疗。"

两人进屋以后,汤姆透过绷带冲他们咯咯地笑,他在床上舒服地靠着。

"伙计,你这是在做什么——假扮埃及木乃伊吗?"巴德笑着问道。

"是图特国王好吗!"汤姆回答道,"和我说话之前要下跪,磕三个响头。"

"听起来是个很有活力的木乃伊啊。"泰德对同伴说道。

巴德点了点头,摆出皱眉的样子假装检查病人:"我猜他还活着,每当木乃伊开始打趣,就预示着……呜呼!"

巴德迅速低下头躲开了对准他砸来的枕头,最后的话咽了回去。

"只是想向你证明一下我的反应能力还是没问题的。"汤姆笑着说,"现在坐下来用你们机智的对话让我开心一

下吧。"

三个朋友聊着其他的事,有说有笑,那一刻汤姆悲惨的经历被忘得一干二净。

"还不错的是,没有记者在记这件事,写入《企业集团期刊》里。"巴德说道,"他会想我们是来这插科打诨的,而不是为了科研项目。"

"什么《企业集团期刊》?"泰德询问道。

"我们公司推出的新杂志。"汤姆解释道,"是科技期刊,主要发表科研人员和工程师们的论文,也有其他专题栏目。"

"还有非常抢眼的封面,是桑迪设计的,杂志唯一缺点是——"巴德吹嘘完,假装厌恶地摇头,"恐怕里面的内容会破坏这么好看的艺术品。"

"怎么说呢?"泰德满脸疑惑地问道。

"哦,技术人员还好,但是有一篇文章会让读者忧郁不堪。上面满是一个叫小汤姆·斯威夫特的长发老顽固写的希腊字母组成的方程式和爱因斯坦方程式。"

正说着,汤姆又扔过来一个枕头,巴德迅速躲了过去。"就凭你这么说我也要让你写!"汤姆义正词严地说。

这时一名护士望向屋内,一脸严肃地看着这三个年轻人。"探视时间结束了。"她说,"病人必须适度休息。"

"说的对。"巴德严肃地点了点头,"护士小姐,很遗憾地告诉你病人好像有些发烧,最好给他服用两剂最苦的药!"

他的两个朋友离开后,汤姆还在那儿咯咯地笑,巴德的玩笑话让他精神大振,感觉好多了。

那晚泰德·斯普林和巴德正在铺床时听见有敲门声,一名工作人员走进房间。"有一个长途电话打来要找斯普林先生,你可以下楼去办公室接听。"

电话是泰德妈妈从肖普顿打来的,这让他很惊喜。但听到妈妈让人担忧的声音时,他的喜悦之情大打折扣。

"泰德,那个汉普郡先生又打来了。"斯普林夫人说道,"天啊,我都不知道该怎么办了,但我想最好告诉你。"

"妈妈,做得对。他说什么了?"

"嗯,他要找你。我知道你怀疑他,汤姆·斯威夫特和他爸爸想调查他。所以我告诉他,我很高兴帮他转达消息,让他不停地说话。同时,我叫雷跑去隔壁邻居家给警察打电话,这样他们就能追踪电话了。"

雷是泰德十岁的弟弟。

"发生什么了?"泰德问道,激动地攥住话筒,"警察追踪到这个电话了吗?"

"是的。"斯普林夫人回答道,"电话是从一家破旧的小旅馆大厅的电话亭里打过来的。但不走运,警察的巡逻车到时,打电话的人已经离开了。这个汉普郡先生——或者是别的什么人——已经溜走了。"

泰德失望地哼了一声："错失良机啊！他们知道他长什么样吗？"

"知道，算是个好消息。一个旅馆服务生发现这个男人在打电话，说他面容憔悴，眼窝深陷，大约四十岁，黑头发。"

"嗯。"泰德揣摩着这条消息，"好吧，不管怎样，算是有点进展了。警察在追捕他吗？"

"是的，他们正在找！"泰德的妈妈满怀感激地说道，"他们正在和斯威夫特企业集团的艾姆斯先生合作，但目前为止还没什么头绪。肖普顿的电话簿和任何官方记录里都没有汉普郡这个人。他们在城里还没发现任合符合描述的蛛丝马迹。"

关于这个神秘的汉普郡先生，泰德尽力让妈妈安心。然而，年轻的工程师挂断电话后，自己却皱眉沉思起来。

他刚要离开宿舍的办公室，电话再次响起。由于工作人员已经离开，泰德接起了电话。

"这是另一个找泰德·斯普林先生的长途电话。"接线员说道。

"我是泰德·斯普林。"

接线员让他等一会，随后一个男人的声音接了进来。他带着鼻音，尖声说道："是斯普林先生吗？"

"我是，你是哪位？"

"我是汉普郡先生。"对方答道,"你一定还记得我之前给你打过电话,我——"

"等一下。"泰德怀疑地打断了他的话,"你是怎么知道在这儿能找到我的?"

"那不重要,我打来是为了重申对就你爸爸意外死亡一案的帮助,正好我掌握了那次事故的一些新证据。"

"比如呢?"泰德问道。

"是之前从没出现过的证据,我再补充一点,这些证据会对斯威夫特一家非常不利。相信我,这么多钱,他们一定会庭外和解的!"

泰德琢磨着这令他惊讶的提议。"你从中能得到什么好处呢?"他询问道。

"我正要说呢。"汉普郡淡定地继续说着,"现在,为了证明我的诚意,我愿意用我的信息交换你的信息。"

"你这是什么意思?"泰德径直问道。

"我的意思是,只要你告诉我《企业集团期刊》什么时候出版,我会在里面就飞机事故为你添上一笔。交易很公平,对吧?"

泰德有些惊慌。汉普郡挖到了什么可以"添上一笔"的东西呢?泰德想要多了解一些,但他怀疑汉普郡的动机。

"我不想在这件事上和你讨价还价。"泰德反驳道。

"斯普林,别傻了!"汉普郡的声音变得很阴险,"你会错过这次好机会的,如果你认为我在撒谎,那你就问问斯威夫特一家,事故发生时飞机推举器上的伺服器有什么问题吧!"

泰德还来不及回应,电话的那头发出了咔嗒声,汉普郡已经挂了电话。

泰德越来越担忧,满腹疑惑,放下电话上楼回了房间。

"家里来的电话?"巴德·巴克利问道。

泰德点了点头,把两次来电的事告诉了巴德,包括电话挂断之前汉普郡的阴险言论。

泰德刚说完,巴德气得满脸通红,跳出了椅子。"推举器上的伺服器!"他大喊道,"汉普郡真是个卑鄙小人,不停捣乱!"

第四章 危险区域

"泰德,那个汉普郡就是想制造麻烦为自己谋取私利,"巴德暴跳如雷地说,"民用航空管理局调查组之前已经阐明了有关你爸爸事故的所有事实。"

"当然,这些我都明白。"泰德让他放心,然后坐在床铺上开始脱鞋,"巴德,听着,你不必这么生气,斯威夫特一家对我和妈妈都慷慨之至,我们没有任何不满,我们对事故唯一不能忘怀的就是失去爸爸的悲伤。"

巴德在房间里走来走去,还是气得面红耳赤:"泰德,难道你看不出来——汉普郡是在扭曲事实,想把你也套进去!"

"嗯,他就是在浪费时间。"泰德光着脚站了起来,打着哈欠,开始换上睡衣,"如果汉普郡是在拉我进入他的圈套,那我是不会上当的。警察迟早会抓到他,我们休息吧。"

巴德也冷静了不少,很快,两个人就睡着了。但第二天早上,年轻力壮的副驾驶员仍然为神秘来电感到不安。在餐厅急忙地吃完培根和鸡蛋后,他急忙赶到医院向汤姆汇报情况。

第四章 危险区域

"汉普郡是个十足的骗子没错。"听完经过后,汤姆赞成道。他若有所思地咀嚼着餐盘上的苹果:"但我还是不明白他的把戏,为什么他想知道《期刊》什么时候出版呢?"

巴德耸了耸肩,把椅子拉近了一步:"汤姆,你看,我担心的是他说的推举器故障。你还记得调查证明伺服器都没有损坏吧。"

汤姆点了点头:"当然,我还记得官方报告的调查结果,泰德的爸爸遇到了强气流,一个推举器的伺服器无法承受高速度,助推控制器失灵。这样一来,斯普林先生就无法控制机轮、方向舵等设备。报告断定飞机是压力过大失灵的,而不是任何部件出现了问题或损坏。"

"就是这样。"巴德嘟囔道,"汉普郡那个家伙试图制造麻烦,如果他说的再像一点,就能成功地把企业集团笼罩在疑云之下了。"

汤姆继续吃了一会儿苹果:"巴德,让我们假设有敌人破坏了其中一个伺服器,故意导致事故。"

"好吧,那就假设一下吧。"他的老友不满地回应道。

"如果汉普郡真的知道些什么,可能向他透露消息的人,就是搞破坏的人。实际上,也就是那个敌人,可能预先策划好了一切,来探出我们最近的计划和发明的消息。"

"你的意思是,"巴德说道,"汉普郡是为一个更阴险的人派来传话的？"

"是的！"汤姆扔掉了苹果核，皱眉凝视着窗外的沙漠景观，"巴德，我们得好好思考一下这件事，我们最好要提高警惕！"

"嗨，机长，你感觉怎么样了？"对话就此被打断。

两人转身，看见泰德·斯普林进了屋，汤姆和巴德都想知道昨晚汉普郡打来的电话是否激起了他对斯威夫特一家的怀疑，或者愤恨，但泰德笑容满面。

"病人今早感觉怎么样了？"泰德问道。

"好极了！"汤姆笑着回应道，"我都迫不及待让他们拆下绷带了。"

"马上就要回来工作吗？"泰德问道。

"越快越好。"汤姆说道。

"漂亮！我也迫切地想知道你物质生成器的测试结果如何呢。"

"我也是！"巴德插话道，"伙计，如果你的玩意成功了，我们就真的能够驶向那片蓝色的原野了——下一站火星！"

"宇航员，冷静点。"汤姆笑道，"准备好太空穿梭之前还有些日子呢。如果你们真想帮忙的话，可以帮我做件事。"

"你说就是。"巴德说道。

汤姆走到床头柜，拿出几张有铅笔素描的纸。"我设计了

第四章 危险区域

一款制冷设备,它可以防止铝传导棒过热。"他说,"你们俩今早把它安装上吧。"

汤姆解释了设计图,朋友们都对这个工作跃跃欲试。

"机长,包在我身上。"巴德两脚合并,快速地敬了个礼。

在巴德和泰德两人的努力下,设备在几小时内装配安装完毕。他们午饭后回到医院时,发现汤姆换回了自己的衣服,拆掉了绷带。

"嘿,病人痊愈了!"巴德得意地笑着,给了伙伴一个大大的拥抱。

"哎哟!你轻点!"汤姆的脸上露出滑稽的痛苦表情,"护士说我得得到更多精心的照顾。"

"好的,下次咱俩再比画,我就带上羊皮手套。"巴德戏谑道,"正好,冷却设备已经安装好了,就等你试运行了。"

"干得好!"汤姆眼前一亮,"伙计,走吧,我想好好检测一下那台设备!天哪,看在上帝的份儿上,是乔来了!"

"咳,伙计们,慢着!"乔雾角般的声音从门口传来,他拖着高跟的靴子笨重地走进房间,"请你们吃来自草原的猪排,这是怎么回事?"他摘下宽边高顶帽,挠了挠光秃秃的头。

就在大厨等待着回答之时,三个年轻人满脸惊讶地看着他。乔对花哨的西部衬衫的偏爱愈演愈烈。

"快!我的太阳镜呢!"巴德气喘吁吁地说,挡住了眼睛。

乔的衬衫是亮橙色调，点缀着红黄两色，衬衫外面是一件布满珠子的鹿皮背心。

"我知道这个漂亮的宝贝会吸引你们的眼球，没事，尽情地赞美我吧！"乔坚信所有人都艳羡他的衬衫，"我想知道是谁胡说八道，说汤姆因电烧伤卧床了？"

"老前辈，是真的。"汤姆说道，"我昨天确实有点烧伤。"

乔走近一步，看着他年轻的老板，看到昨天的事故在他脸上留下的红色斑块时，他马上露出了担心的神情。

"医生刚把住院服拿走。"汤姆解释道，"他给我用的东西真的很有效果，伤口都愈合得很好。"

"我真是担心极了！"大厨承认道，"我一听到这个消息，赶忙做了一些你最爱吃的食物，上了最早一班到大本营的飞机。现在你好多了，我真是太高兴了！"

"乔，谢谢你。"汤姆热情地一手搂过大厨的肩膀，缓慢说道，"朋友，我知道当我遇到困难时，你总是能让我依靠。和我们一起回实验室怎么样？"

"当然了，头儿。"乔同意道，他粗糙的脸上绽放出高兴的笑容。

巴德和泰德是开着吉普车来的医院，但是汤姆拒绝再坐吉普回实验室。"我们走路吧。"他建议道，"我需要活动活动双腿。"

"这附近应该有几匹鞍马。"乔抱怨道,"我这靴子跟可能会掉到土拨鼠的洞里去!"

"嗯,你坚持和女人穿一样高的鞋跟,那还抱怨什么呢?"汤姆笑道,"来吧,我知道一条捷径。"

他带着大家穿过工作室和实验楼楼群,然后穿过一大片被太阳烤得炙热的沙滩,朝他的私人实验室走去。突然间,他的同伴们被巨大的嗡嗡声吓到了。

"那是什么?"泰德问道。

"我的袖珍无线电,"汤姆解释道。他拿出那个小型电晶体设备,把接收器夹在耳朵上:"我是汤姆·斯威夫特。"

接下来的一瞬间,汤姆的脸变得苍白。"快跑!"他冲着其他人大喊道。

三个朋友听从汤姆的指令,都开始全力奔跑,和他一起冲向实验室。

"你出的主意是不是被下了什么咒语?"乔边跑边气喘吁吁地说道,"走路已经够糟了,我们还得赛跑吗?我不是没有马——!"

他的话被脚下传来的声响所吞没。随后,地面在他们脚下开裂!汤姆和朋友们在一阵泥沙和飞石的冲击下被震了出来!

随着爆炸的震感逐渐消退,科学家和机组人员从附近的楼里冲了出来,跑去援救四位伤员,他们正不知所措地躺在地

上。幸运的是,他们中没人受重伤。

"哇!"有人扶巴德起来时,他恍惚地说道,"我依然完好无损吗?"

"必须完好。"反应堆技术员克里斯·巴洛开着玩笑说道,"我看周围没有散落的碎片。"

大本营的首席原子科学家阿尔恩特·亨利博士正在旁边向汤姆道歉:"机长,抱歉,我应该事先告诉你这个地方是禁区,但是我以为你还在医院呢,我们正在进行地下测试。"

他现在转向乔和其他人:"你们确定看到宿舍贴出的警示了吗?"

巴德怯生生地坦白他们没有看告示板,乔刚刚才到,也没有看到通知。

"这确实给了我一个教训。"巴德悲伤地说。

"走捷径差点走到另一个世界去!"乔摇摇晃晃地站起身,嘴里嘟囔道。

泰德挖苦地笑道:"伙计们,我想我们比想象的还坚强。"

确保没人受伤后,大家解散了。几分钟后,汤姆在实验室开始为测试物质生成器做准备。

"你们两个家伙干得不错。"在检查了用来冷却铝棒的设备后,他称赞道。

"也许我们还是往后退远一些好——以防万一。"巴德半开玩笑地说。

"请自便。"汤姆笑道,"开始!"他关闭了开关,给设备通上电,调节了控制旋钮。

设备开始运行后发出稳定的电流声,冷却设备有效地运转着,铝棒也很稳定,大家都放心了。汤姆动手把设备调到无声的吸附状态。巴德、泰德和乔着迷地看着设备,时间一小时一小时地过去。最后,他们才动身去做别的工作。

大家没有想到,汤姆让设备连续运转了一夜,直到次日。乔送来几回热乎、诱人的饭菜,他只抽空吃了几口,其他时间一直在旁边守着。

次日下午晚些时候,在设备已运行到最大限度后,汤姆终于暂停了设备。从测试开始,已经过去30个小时了。

汤姆取出少量气体,巴德、乔和泰德都回来了,围在旁边满心期待地看着。他用斯威夫特光谱仪分析后,然后用微量天平称了质量。

巴德看到年轻发明家面色惨淡。"失败了?"他问道。

汤姆摇摇头。"伙计们,也不全是,但是……"他的声音在失望中逐渐减弱。

第五章　激动人心的计划

"头儿，怎么了？"乔焦急地问汤姆。

年轻的发明家惨笑道："一百万瓦特电能！我所有的发明只生产出这点儿可怜的气体！"

"但光谱仪显示那是纯氧气。"巴德大声说道。

"是啊，但只有千分之一克重！"

乔带上他的宽边高顶帽，挠了挠光秃秃的头："那应该不太多，是吗？"

"大概只够一只跳蚤活半秒钟。"汤姆掏出计算尺，快速地运算起来，"乔，我用来生产这些氧气所用的电力，即使你的烤面包机每天工作一小时，也能用81年！"

"哇，天啊！"乔倒吸着气说道，"我——唔——怎么——"他语塞道，努力想办法来安慰年轻的上司，但没有想到什么合适的话。他无助地看了一眼巴德和泰德。

巴德拍了拍汤姆的后背，打破了沉寂的局面："那又怎么样呢？跳蚤也需要氧气，不是吗？伙计，振作点，至少你的设备运转了！"

汤姆和善地笑了。"巴德，我想你这话说得对，这只是个开始。"他双手插在裤袋里，来回踱步，然后转向巴德和泰德，"好像大本营也完成不了这个实验。"

"你的意思是？"泰德问道。

"就是我们得马上乘火箭去太空站，把太阳辐射作为我们的动力源。"

汤姆·斯威夫特的太空前哨站是一个巨大的轮状卫星，它在地球上方35800千米的地方旋转运行。汤姆将其设计为给他著名的太阳能电池充电的工厂，它还是科学观察站和电视转播站。

"耶！"巴德大叫道，拉着他的朋友在地板上转了好几圈。

"机长，就把设备放到太空吧！"泰德说着摇起了汤姆的手。

"伙计们，行了！"汤姆捧腹大笑道，"这是正事。"

"谁说不是了？"巴德欢快地争辩道。

"我是认真的。"汤姆坚称道，"你看！我希望有一天能统治月球。那儿的前哨站能提供各种有价值的数据，不仅是关于月球本身的，还有关于地球和太阳系其他星球的。"

"你是说从月球观测台通过望远镜观察？"泰德问道。

"完全正确。"汤姆回答道，"还有，我们也许还能在那

第五章 激动人心的计划

开采有价值的原材料,像我在斯威夫特光谱仪上采集的未知氢气化合物。"

汤姆是几个月前做出这个激动人心的发现的,当时他在与保加利亚的竞争对手们比谁先在月球着陆,他胜过了对手。

"然而,"汤姆继续说道,"为了在月球上建立一个永久性的前哨站,我们需要大量的氧气、食物和水供给。在我看来唯一的实现方法就是完善物质生成器。"

"能不能在月球上种植作物来供给你的月球殖民地呢?"泰德问道。

汤姆摇了摇头:"不能,因为在月球上,两周的白昼过后,是两周的黑夜,植物在那样的环境下无法生存。"

"靠人造光让它们在地下生长怎么样?"巴德建议道。

"太浪费能源了。"汤姆指出,"还有,只供给少数人,我们就需要大块区域来种植作物,那还是在没有考虑极热或极寒的情况下,那样多数种类的作物都会在短期内死光。"

"好吧,这下我服了!"巴德大声说道,"我们什么时候动身去前哨站?"

汤姆笑了笑:"我想事先跟爸爸讨论一下整个计划,我们明早一早启程回肖普顿。"

"头儿,等一等。"乔不开心地说道,"你还没提要不要带我参加这次太空遨游呢。"

巴德假装看起来很担忧:"老前辈,我们还不想告诉你这个坏消息。但事实上，肚子太大的机组人员不适合再进行太空飞行了，压力实在太大了。"

"压力太大了？"乔气愤地哼道，"哼，请你穿我的太空靴，我们建立太空轮，探索小月亮卫星，甚至飞往月球进行清理时，我不是很好地经受住压力了吗？我没有在哪次太空飞行中崩溃吧，有过吗？"

"哦，我不是担心你。"巴德说道，"我是说太空飞船可能难以承载额外的重量。"

乔棕褐色的脸涨得通红。"我还不是一直做饭才成了这个样，我也没办法。"他说，"汤姆，你说我可以去吗？"

"乔，别听巴德逗你了。"汤姆说道，"我不带我的老伙计一起去，就相当于我不带太空飞行帽起飞一样。因为像你这样的太空好厨师是机组里最重要的角色！"

乔如释重负地笑了，挺起胸膛直到险些绷开衣扣。"头儿，谢谢你。至于你，小伙子，下回你在太空生病时可别来找我。如果你挺不住了，我们就直接把你送回地球！"

对话在善意的玩笑中结束了。次日，汤姆和三个同伴启程飞往肖普顿。阴沉的天气让天空黯淡无光。离开大本营不到一个小时，他们看见云朵里闪电的弧线，天空中雷声隆隆作响。

"看来我们的飞行很艰难啊。"泰德说道。

话音还没落，一阵巨大的逆风给了飞机猛烈一击。暴风雨火力全开，溅落的雨水拍打着舷窗。

第五章　激动人心的计划

"我还是升高些为好。"汤姆说道,拉回了调档杆,巨大的货机急速直线上升。"打开连通企业集团的无线电,好吗?"他问巴德。

副驾驶员调到专用频率:"斯威夫特飞机呼叫企业集团!能听到吗?"

企业集团的操作员做出回应,然后转到了斯威夫特先生的私人办公室。

"巴德,嘿!汤姆在飞机上吗?"

"是的,斯威夫特先生,他就在这。"

汤姆在用喉头送话器:"嘿,爸爸!大家怎么样?"

"孩子,都很好,但我们听说你被烧伤有点担心。"汤姆的爸爸不放心,继续说道,"你的物质生成器怎么样了?检测通过了吗?"

"足以证明我的想法。"汤姆回答道,"但是耗电量太大了,我想还是在空间站继续实验为好。"汤姆等着爸爸回话,但装置没有了声音。

"爸爸,你还在吗?能听到吗?"汤姆向上推了一下麦克开关,调了频率,但是无线电台好像失灵了。

"这是怎么了?"巴德一脸茫然地看着年轻的驾驶员。

"不知道。"汤姆回答道,"检查一下那些刻度盘。"

"天啊!飞行仪器也出故障了!"

泰德弯下身,向巴德身后看去。

"机长，是怎么引起的？"

汤姆摇摇头，眉头紧蹙，满面担忧："我不知道，但我有预感，可能是太阳黑子的缘故。"

还好，回转罗盘没有受到影响，飞船在暴风雨区域之上继续平稳前行。片刻的沉默过后，巴德若有所思地问道："机长，如果我们在月球上靠你的物质生成器来获取食物和氧气的话会怎样呢？太阳黑子还能使那也失常吗？"

"我可怜的喷气摩托车！"乔突然紧张地说道，"你提这个干吗？"

看到三个朋友一脸忧虑，汤姆咧嘴笑起来。"放轻松，"他说，"实际上，它产生不了多大影响，也许会降低一点产量，甚至增加一点，但是在其他方面不会对设备有任何影响。"

乔用宽边高帽给自己扇着风："说不定巴迪那个家伙是在吓唬我们，有些家伙的麻烦就是他们太有想象力了！"

临近正午，飞船在企业集团着陆，汤姆连忙赶到和爸爸共享的双人大办公室。除了父子俩巨大的现代化办公桌，房间里还有舒服的皮椅和按钮式画板，在靠近门的一堵墙前面有一个可以移动的架子，上面满是书籍，有老汤姆耀眼的模型和小汤姆最伟大的发明，还有他们各种化合物的样品瓶。

汤姆匆匆吃完鸡肉三明治午餐，便和爸爸讨论在太空前哨站为物质生成器做实验的新计划。

第五章 激动人心的计划

"儿子,我同意。"老科学家点了点头,"你显然需要在地球大气层之上获取强烈的太阳辐射,才能有用之不竭的能量源。"

电话响起,打断了斯威夫特先生的话。他拿起话筒,说了几分钟,随后笑着挂断了电话。

"今晚最好把晚餐聚会纳入你的安排里。"他对汤姆说道,"刚才是桑迪打来的,邀请了菲利斯,想让你带上巴德和泰德。"

"我们会去的。"汤姆承诺着,咯咯地笑了。

菲利斯·牛顿是汤姆最喜欢的约会对象,她是"奈德·牛顿叔叔"的女儿,一头黑发,非常漂亮。奈德叔叔是斯威夫特先生的忠实老友,现在是斯威夫特工程公司的负责人。两人年轻时肩并肩奋斗过,一同经历过许多激动人心的冒险,当时老汤姆以其先进的科学成就震惊了世界。

那晚,斯威夫特家的餐桌看起来非常漂亮,上面摆着花、餐具、精美的瓷器还有蜡烛。汤姆的手把着妈妈的椅子,问道:"我是不是忘记了谁的生日?"

桑迪笑了。"没有,但今天是个特别的日子。"

"我们在庆祝什么呢?"巴德问道。

"嗯,"桑迪说,"菲利斯和我决定制造一点刺激,你们这些家伙享受着太空飞行的乐趣,为什么不带上我们呢?汤姆,你可以教我驾驶挑战者号!"

"我可以做她的后座驾驶员！"菲儿补充道，她棕色的眼睛闪烁着。

挑战者号是汤姆令人惊叹的新太空飞船，由斥力装置电力驱动，已经成功地绕月球运行。

汤姆还在犹豫，爸爸大声地说："可能是个好主意，你可以观察女性在太空旅行中的反应。我听说她们比男人表现得更好。"

"哦，爸爸，你太好了！"桑迪大喊道，从椅子上跳起来给了爸爸一个拥抱，"那就这么定了。"

伴随着斯威夫特一家和客人们的说笑声，晚餐继续进行着。当他们享用着浇有冰激凌的苹果派甜点时，电话响了，桑迪走过去接听。

"泰德，是找你的。"她告诉他说。

泰德礼貌地离开去接了电话。过了一会儿回到餐桌时，他脸色惨白，大家注意到他一脸惊恐的神情。

"泰德，我真希望没什么坏消息。"斯威夫特夫人说道。

泰德不安地耸了耸肩，回到了座位上。"我真的不知道该怎么办。"他答道，"我刚刚被恐吓了！"

第六章　危险的一夜

泰德的话引起了听众们惊慌的屏息。

"是谁呢?"汤姆问道,"还是那个汉普郡先生吗?"

泰德摇了摇头:"这次来电者没有报名字,但是我确定不是汉普郡的声音。"

"他说什么了?"斯威夫特先生问道。

"他问我要不要和汉普郡合作。"泰德回答道,"当我告诉他不要,他大怒着说道,'如果你不合作,你的人生将一文不值!'"

巴德打破了接下来紧张的寂静:"泰德,看来对你来说唯一安全的地方就是太空前哨站了,或者月球!"

斯威夫特夫人带着她常有的妈妈般的关心,提出了一个更实用的建议:"泰德,为什么不暂时待在这里呢?我们有很多房间,你还能受到我们警告系统的保护!"

该系统是由汤姆和爸爸设计的,在斯威夫特家和场地旁都有磁场,除非带有特制的反磁力装置,否则任何人进入了磁场都会引发房里的警报。

"斯威夫特夫人,谢谢您的好意。"泰德回复道,"但妈妈和雷可能也处在危险之中。我不能把他们单独扔下。"

"在我们做决定之前,"汤姆提出,"我给哈伦·艾姆斯打个电话,他今晚会在工厂。"

汤姆匆匆走向斯威夫特家的第二台电话,那是连通企业集团的私人线路。当安保主任得知情况后,他建议泰德留在企业集团,这样可以受到安保设备的严密保护,直升机会接他的家人去艾姆斯位于蓝鸟湖的私人小屋。

"那里有很多速冻和罐装食品。"他解释道,"他们会非常安全,那个地方只有乘飞机才能到达。"

"哈伦,就这么定了!"汤姆赞成道,"万分感谢。"

泰德马上同意了艾姆斯的建议,说马上给他妈妈打电话。

"最好别打。"汤姆建议道,"汉普郡和他的团伙可能正在监听你的电话,我们会开车去接你妈妈和雷,并把他们带到企业集团的机场。"

大家商议了一个安全计划,兵分两路。泰德和巴德先坐巴德的敞篷车走,汤姆和斯威夫特先生则坐汤姆的跑车跟在后面。

他们刚要离开,斯威夫特夫人就紧张地对丈夫说:"亲爱的,我——我不想过分担忧,但你是否认为现在正有人监视着这座房子?如果这样的话,他们可能会追踪你。"

第六章 危险的一夜

斯威夫特先生给了她一个安抚的拥抱:"玛丽,你说的也有道理,我们会核实一下。汤姆,把庭院里的灯都打开。"

"好的,爸爸。我也会把凯撒和布鲁图放开。如有任何人在周围潜伏,它们一定会通知我们的!"

两只猎犬来自外面的养狗场,它们除了是斯威夫特家的宠物狗之外,还是经过高度训练的看家犬。

汤姆按了一下总开关,它控制着大量隐藏在灌木丛中的聚光灯。霎时间,房子和场地都沐浴在耀眼的亮光之中。

随后,他和巴德冲向狗舍,打开了门,两只猎犬迫切地叫着,大步跑了出来,它们缓慢地走来走去,时而抬起头嗅一嗅夜间的空气,但没有表现出任何发现不熟悉气味的迹象。

"没问题。"汤姆报告说,"我们走吧!"

去往泰德·斯普林家的路上一切顺利。泰德进去告诉妈妈和弟弟关于搬到艾姆斯的小屋一事,又帮他们收拾行李,其他人都在外面等着。汤姆把他低车身的跑车停在巴德红色敞篷车后边。过了几分钟,泰德独自从房间出来,看起来既焦虑又担心。

"你妈妈和雷怎么说?"斯威夫特先生问道,"没出什么事吧?"

"他们不会去的。"泰德答道,"妈妈说她在自己的家感觉更安全。"

"我想那再自然不过了。"斯威夫特先生说道,"但是在这种情况下,我坚信听从我们的建议会更好。"

"先生,我已经尽力劝她了,您和她谈谈好吗?我确信她会听您的。"

斯威夫特先生体谅地笑着,打开了车门:"好吧,孩子,我希望你的信任没用错地方,但我也只能尽力。"

斯威夫特先生和泰德进去后,汤姆和巴德小心翼翼地侦察着周围,看是否有任何监视这里的迹象,一切看起来都很安静,毫无异常,其他停在街上的车都是空的。

15分钟过后,斯普林夫人和雷在泰德和斯威夫特先生的陪同下出来了,斯威夫特先生拿着行李箱,男孩们将行李箱放入敞篷车的后备厢,随后汤姆帮斯普林夫人坐在了后座上。这个一头黑发,身材瘦小的女人一脸焦虑紧张。

"我真希望我做了一个正确的决定。"她担心地说道。

"我确定你的决定是正确的。"汤姆安抚地说道,"相信我,你和雷在蓝鸟湖会非常安全的。"

"当然,我们会的。"雷肯定地大声说道,"伙计,去那一定很有趣!"他爬到妈妈身边,泰德和巴德坐在前面。

红色敞篷车在路边启动,汤姆和爸爸开车紧随其后。他们径直从城里穿过,走了一条直达斯威夫特企业集团的路,企业集团坐落在肖普顿市郊。

"爸爸,我们后面有灯。"汤姆瞥了一眼倒车镜,突然紧张地说道。

第六章 危险的一夜

斯威夫特先生回头去看,车急速靠近,随后转到左边超了过去。这辆车时速至少95千米,一直向前疾驰,随后转到巴德敞篷车侧面的小道上!

巴德猛踩刹车,但是太迟了!随着金属扭曲带来震耳欲聋的冲击声,红色的敞篷车冲向一辆在前方突然停下的轿车。

"天啊!"斯威夫特先生惊慌地喘息道。

汤姆迅速的反应避免了二次碰撞。车刚停下,他和爸爸都跳了出来去帮助其他人。

"有人受伤吗?"汤姆大喊道,拉开了敞篷车的门。

几秒沉寂过后,巴德虚弱地回应道:"我想我还好。"

"我也是。"泰德说道,"我的脑袋狠狠地撞了一下,妈妈,雷,你们——?"

斯普林夫人和雷称他们从座上晃起来时擦伤了,其他地方没有受伤。

"谢天谢地。"斯威夫特先生说道。

"但是那个司机为什么要开到我们前面停车?"斯普林夫人问道,"他人怎么样了?"

"他跑了。"泰德回答道,"他刚停下就跳车跑了,我们撞了车,车灯熄灭前我看见他向路的右边飞奔而去。"

"我猜是汉普郡。"巴德说道,"他长什么样?"

"我没看清他的脸。"泰德回答道。

汤姆从车里的储物箱拿出了一把强力手电筒,朝刚才泰德

说的方向照来照去,挨着公路的地方是一片旷野,看起来无法提供藏身之处。

"真是诡异。"泰德皱着眉头说,"我确定他就是往这条路的什么地方跑了。"

"有可能。"汤姆指出,"他开始往右只是想误导我们,后来又原路返回。"

左边满是大树和缠结的矮灌木。

"在这等着。"汤姆告诉其他人说,"也许没有多大可能性找到他,但我还是去看看。"

汤姆穿过公路,在树木间谨慎地挪动,用他的手电筒到处侦查,他时而关上手电停下来听脚步声或其他动作的声音。突然间,汤姆在黑暗中定住,因为他的耳朵捕捉到了很低的说话声。

"我们现在已经吓着那家伙了。"一个男人说道,"紧接着再对斯威夫特一家的计划搞一次突袭,就把他们送到该去的地方去!"

第七章 抗招供剂

汤姆压制住怒火，将注意力集中在寻找那个人身上，那个人的声音他没听过。他们在哪呢？

汤姆向四周摆动着电筒，但在黄光的照射下除了树干和阴暗的矮灌木什么都没有。突然间他意识到他让自己成了对方的目标。

"哦——哦！那些家伙可能有武器！"他反应过来，匆忙地关掉了电筒。

但是在黑暗中怎么找到他们呢？当一线微弱的月光穿过头顶茂密的叶枝，汤姆脑中闪现出一个计划——有个旧把戏可以用来愚弄那些看不见的敌人。他把电筒对准树杈，再次打开电筒。然后他像原住民一样安静地移动，小心地向声音靠近。

令汤姆气愤的是，那个男人不说话了。然而，他敏锐的洞察力使他大胆地猜测了一下他们可能在的位置。汤姆本希望他们可以向电筒发动某种攻击，好暴露出来。

到目前为止，他们还没有一点上钩的迹象。除了蟋蟀吱吱

 第七章 抗招供剂

的叫声和夜间的声响外，一片寂静。

汤姆毫不作声地一点点向前摸索着。令他懊恼的是，他的努力没有任何结果。破损的矮灌木证明那个男人刚才蜷伏在此。

"他们是不是已经暂时躲起来了？"汤姆问自己说，"如果他们包围我，等待机会发动进攻怎么办？"这个想法让汤姆颈背上的汗毛都竖了起来！

突然间，路边传来汽车启动的声音。汤姆立即动了起来，冲向公路，他刚好看见一辆没开灯的轿车从树间开了出来，向黑暗中疾驰而去，他非常愤懑地朝着撞车地点原路返回。

"真不走运。"巴德向他招呼道，"我们听到那辆逃亡车的声音了。"

汤姆沮丧地点了点头。"显然，我们的小伙计有一个在等他的朋友，还开着车。"他传达着在森林中悄悄听到的对话。

"一定有人出来给斯威夫特家制造麻烦呢。"巴德担心地对汤姆和他爸爸说道。

斯威夫特先生皱着眉，点了点头。"而且到目前为止，没有他的或他们身份的线索。"他对汤姆补充道，"这车用10年了，没有太多破损，没有牌照也没有编号。我们查了，一切凭证都已经吊销了，所以说这些人策划这样一场事故一定有段时间了。对了，我已经用无线电报警了。"

一直极力保持平静的斯普林夫人现在带着颤抖的声音说

道:"哦,天啊,我就知道我们本应待在家里的。"

这时,大家的注意力都转移到前来的警车的警笛上。片刻过后,车子发出一阵尖锐的刹车声,在他们身后停了下来,四名警察鱼贯而出。

"斯威夫特先生在吗?"

"我在这。"科学家说道,"但寻找车主已经没有用了,他刚刚在同伙的帮助下逃跑了。"

汤姆向负责警官简单地描述了一下逃亡车辆,提到了他从发动机的声音来看,认为是辆报废车。同时,另一位警官正向其他的巡逻车和州警察报告情况。

"我们会封锁所有的道路。"警官说道,"如果幸运的话,我们还能抓到那些人。我们会把这辆破损的车拖走,留作证据。"

幸运的是,尽管巴德敞篷车的前端散热器和大灯都已损坏,但还能运行。"汤姆,如果警官让我跟你去,它还能载我们到企业集团。"他说道。

在征得警官的准许后,巴德大喊道:"我们出发吧!"

几分钟过后,他们到达实验站,向跑道开去,那里的直升机已经预热,正在等待他们。

"现在不要担心了。"泰德安慰着妈妈,"你做的是对的。"

第七章 抗招供剂

"好吧，泰德。"她叹了口气，亲了一下他的脸颊，"但是你自己千万要保重啊。"

"我会照顾好妈妈的！"雷保证道。

"这才对嘛！"汤姆说道，这个年轻人和大家逐个握手。

两名乘客在帮助下登上了直升机，雷第一次坐直升机满是兴奋，一会儿过后，飞机升空，一路向北，消失在夜色之中。

"我猜得把我的车留在这里过夜了，直到我修好散热器为止。"巴德说道，"它漏油很快。"

"在这陪我吧。"泰德说道，"汤姆已经为我安排了一间专为贵宾预留的客房。"

这些房间在企业集团主楼的上层，是为政府官员和经常来访实验站的著名科学家们留的。

"我接受。"巴德咧嘴笑道。

"让辛普森医生给大家检查一下可能会是个不错的主意，再往泰德的额头上敷点东西，他那里真的肿起了一大块。"斯威夫特先生说道。

汤姆和他的爸爸开着跑车把大家带到工厂的医务室，和他们一起进去。企业集团年轻的主治医师辛普森医生做着检查，也听他们描述着那些的惊险经历，还有怀疑汉普郡可能是这起事故的煽动者。

"为了避免你们其中有人落入汉普郡这个家伙或他背后某个难对付的人手中。"医生说道，"最好要采取预防措施。"

"你有什么具体的想法吗？"斯威夫特先生问道。

"是的，你知道，这里有一些药，可以让一个人开口，就算他本来不想说，我们称之为招供剂。"辛普森医生开始说道，"现在，如果汉普郡或其他人真的抓住了你们其中的谁，他可能会注射这种药来迫使你们泄露秘密计划。"

"是这样，"斯威夫特先生若有所思地同意道，"如果他们知道了汤姆的太空计划，甚至可能置我们国家于危险之中。"

"我们更应该力求万全了。"医生急忙说道，"我一直在研发一种药剂来对抗这种'招供剂'。如果你们愿意，我现在就可以给你们都来上一剂。"

"抗招供剂？"汤姆说道，"爸爸，我认为这个提议很好。"

斯威夫特先生同意了，巴德和泰德也同意了，于是他们四人露出胳膊。一名护士在他们的皮肤上擦拭酒精，辛普森医生随后用皮下注射器给每个人都注射了这种药剂。

"伙计，我们不知道还会有什么麻烦，"巴德放下衣袖时咯咯地笑道，"下次我的肿块我自己解决！"

汤姆笑了："记着，我们都是为了科学事业！"

互道晚安后，巴德和泰德回到企业集团的客房，而汤姆和爸爸开车回了家。刚到家，斯威夫特父子俩立刻就寝，汤姆几乎一沾枕头就睡着了。

第七章 抗招供剂

感觉似乎只过了几分钟,年轻的发明家就被枕边电话的声音吵醒。汤姆困倦地摸索着电话,瞥了一眼手表上的镭表盘。

"半夜十二点二十!"他暗自抱怨道,"你好——我是小汤姆·斯威夫特。"

一个男人低沉的声音说道:"斯威夫特,不要以为你耍了我们了,斯普林一家不会安全的——你和你全家也是!"

"你是谁?"汤姆现在完全清醒过来,声色俱厉地说道。他在尝试判断呼叫者是不是他在丛林中无意间听到的其中一个。

但电话的另一端已经发出嗒嗒的声音。汤姆知道没有太大可能追踪到这个电话,就挂断了。他醒着躺了将近半个小时,仔细斟酌着威胁,现在毫无疑问,他和泰德已经卷入了一场神秘的阴谋之中。

"但到底是为什么呢?"他不断地问自己,"《期刊》的出版?绝不仅仅是因为这个。"

第二天早上他立刻向安保部门报告了这件事。"我不这么看。"艾姆斯说道,"汤姆,看在上帝的份儿上,小心行事啊!"

在去实验室的路上,有人招呼汤姆和爸爸参加一个有关《企业集团期刊》技术稿件问题的会议。

"爸爸,这看起来是个超赞的首刊。"汤姆热切地说道。

"孩子,的确是。"斯威夫特先生说道,"我想我们大家可以引以为豪。汤姆，你知道，这是自我们建立斯威夫特企业集团以来我的一个梦想。我期望有一天全世界的科学家都可以自由地交换发现，使全人类受益。"

汤姆也同样珍视这个梦想。"爸爸，我确信那一天会到来的。"他坚称。

他收起稿件，将其送到一位年轻的秘书那里打印。华纳小姐正在为休假的常务秘书特伦特小姐代班。

汤姆立刻致电亚弗·汉森，让他来办公室。亚弗身高1.8米，是斯威夫特公司的首席制模工程师，一位技术精湛的行家，是亚弗把斯威夫特所有重大发明中经过加工的精密模型都制作了出来。汤姆桌边的手工艺品就是一个例子，那是年轻发明家多的一个蓝色塑料汽艇模型，另一个是汤姆首个火箭飞船"星剑"的银色复制品。

"机长，有什么指示？"亚弗走进来问道。

"一项特殊的任务，我想让你来完成。"汤姆答道，"亚弗，请坐。"

他向工程师简单介绍了他的物质生成器，讲到了操作该设备需要大量的能源供应。"我暂时会在空间站进行我的实验。"汤姆继续说着，"使用一个太阳能电池设备，但是在太空飞船或月球上进行全天候操作，我需要一个更好的能量供应的方法。"

"你有什么想法？"亚弗问道。

"一个可以叫作'能量集合器'或'能源收集器'的设备。"汤姆说道,"每个收集器都是一个1.6公顷的巨大薄板,太空飞船将搭载一打甚至更多。"

"1.6公顷!"亚弗喘息道,"你想怎样把它们装到太空飞船上去呢?"

"每一块将由几小块做成,这样它展开后就是完整的一块了。"汤姆解释道,"这些小块会通过箔管结构合在一起,当我们在太空时,氦气就会被注入管道。这样,整张板子会在飞船外完全展开,就像儿童派对上那种可以吹气进去的纸蛇。"

"我明白了。"亚弗点头说道,"而且太空中没有空气阻力,这样让板子保持扁平状态就没有问题了。"

"是的。"汤姆说道,"现在,板子上的每一小块都要用两片同样大小的托马塞特塑料来做,片带有光素合金,另一片带有能导电的金属。"

两块神奇的金属合金是在汤姆首次月球之旅时为他的太空飞船能量转化设备开发的。当二者互相接触并被置于阳光下时,便形成了可以产生电流的电池。

"我们该怎样把光素合金和导电金属冲压在塑料片上呢?"亚弗问道。

汤姆解释说,每一对塑料片会以"点划线"的图案搭载很多小电池,每片塑料上的图案取自拍摄下来的图画,然后用清漆将其涂抹在金属冷却塑料上印制出来。随后,塑料片在化学剂中浸泡，最后塑料上只留下点划线的图案。

"一片塑料上会有光素合金的图案，另一片上会有导电的图案。"汤姆用铅笔画出轮廓，继续说道，"所以当我们把两片合在一起时，它们就会形成一块强有力的合成电池。"

"而且你的能量集合器在箔管结构的支撑下会形成很多完整的双片式电池。"亚弗总结道。

"正是如此。应该会产生巨大的电流。"

亚弗挠了挠头："机长，这听起来是个大任务啊。"

汤姆咯咯笑道："我确信你会完成它的。"

"这是个令人惊叹的想法。"斯威夫特先生说道，他一直在旁边认真地听儿子解释，"汤姆，我想这可以解决你的问题，而且——"

哗啦！

三人抬头，看见门边架子上的瓶子和模型倾泻而下。几乎在同一时间，门嘭的一声关上了。

"有人藏在那些架子后面！"汤姆大喊道，"还听到了我们说的每一句话！"

第八章　太空前哨站

汤姆、亚弗和斯威夫特先生从椅子上一跃而起,冲到走廊,但没有任何神秘偷听者的迹象。

"他肯定是一直偷藏在这儿,才偷听到你能量集合器的计划!"亚弗不安地说道。

汤姆点了点头,面色凝重:"而且他一定是斯威夫特企业集团的一名员工。"

汤姆和爸爸焦虑地瞥了一眼对方。某个受信任的员工可能是间谍,这想法很让人不悦,但是外面的人不可能穿过试验站的重重安保设施溜进来。

"我给安保部打电话让艾姆斯核查一下。"斯威夫特先生说道,向办公室走回去。

与此同时,很多刚才听到巨响的人都从隔壁的办公室跑到走廊一探究竟。他们在周围走来走去,问着问题,但汤姆微笑地答复了几句使他们安静了下来。

人群渐渐散去,汤姆看见了一个之前从未见过的年轻人,他沙色头发，脸很圆。

"他是谁？"他小声说道，用肘轻推了亚弗·汉森一下。

亚弗笑了笑："他的名字叫安伯森·林特纳，叫他安比就可以，他刚从工程学院毕业，悄悄告诉你，他正在和你的临时秘书约会。"

"他在这做什么？"汤姆问道。

亚弗耸了耸肩："哦，他正在进行训练项目，在每个部门都会走动走动，他想成为一个大人物，但我怀疑他能否成功。"

"怎么说呢？"

"他说的比做的多，够聪明但非要让每个人都知道。"

两天后，在为去往太空前哨站做好准备后，汤姆、巴德和斯威夫特先生飞往费林岛准备启程。这次旅行的其他乘客包括桑迪、菲利斯、乔·温克勒和辛普森医生。

费林岛是斯威夫特家的火箭研究基地，有一条拇指型的沙丘和矮灌木，它坐落在大西洋沿岸不远处，由无人机和雷达监控。

旅行者们从岛上机场出发，开车到了挑战者号的专用发射区。大型的银色太空飞船就在这里，早已检查好并装载完毕，在晨光中闪耀着光芒。

"真想不到。"菲利斯低语道，一脸敬畏地看着这台巨大的飞行器，"实际上，挑战者号已经去过月球了！"

巴德自豪地说道："虽然它看起来流线型没那么明显，但

是这个宝贝能像彗星一样行驶!"

巨大的盒状机舱安然伫立在四个液压落架支柱上,由细长杆结构环绕来旋转发射斥力装置射线的辐射器天线。

尽管太空飞船有辅助火箭以备不时之需,它的主要动力还是由斥力装置驱动,这一驱动系统通过发出与地球、月球或任何天体相反的排斥力可以把飞船向任何方向推进。

"全体登机!"在与机械师和地面机组人员完成最后的检查后,汤姆高声说道。

乘客和机组人员一个接一个地登上了从机舱前部伸出的升降平台舷梯,升降台用来放置那些可停放于机库舱的小型辅助机。

走过锁风通行道,太空航行者们被升降机抬到飞行舱板上。成对的石英玻璃观察窗前有主副驾驶员的凹背座椅,还有乘客和观察员们的座椅。

"天啊!"桑迪喘息道,"看着那些刻度盘和控制器我就兴奋!汤姆,你认为我能学会开这架飞船吗?"

"妹妹,你当然可以了。"汤姆笑道,"这没什么难的,实际上,真正控制飞行的是电脑间里的电子脑。"

"很庆幸我们不用坐在加速舱内,"菲利斯说道,"那就是我害怕火箭飞船之处所在——起飞时那可怕的晃动。"

"在这艘飞船上你可以完全放松。"汤姆安抚她说,"斥力装置射线可以产生稳定的电流,这样我们就能逐步加速了,而非好几次突然加速。"

警报器响了起来，每个人都就座。传来了费林岛的无线电主管乔治·迪林的声音，他对着话筒急促地说：

"机长，警报解除。旅途愉快！"

"乔治，谢谢你。"汤姆回答道，"坚守住岛屿！"

外部的地面机工长透过石英玻璃窗示意可以起飞了，汤姆打开斥力装置电路开关和一些在观察窗上方元素选择器面板上闪亮的各色灯泡。

"妹妹，看那些灯泡。"汤姆对桑迪说，"它们指示出我们需要斥力物质的化学构成，在这种情况下，斥力装置电路现在必须对每个元素的准确辐射频率做出回应。"

说话期间，汤姆的手忙着调节控制器。"我现在所做的，"他补充道，"是一种微调工作，不仅确保我们获取正确的元素，还有每种元素正确的同位素。"

汤姆适度地调节着控制器，将辐射天线转向地面的方向，为斥力装置提供电力。挑战者号如银色星体一般，向天空疾驰而去！

"它被称作起飞的弹力球。"巴德和女孩们打趣道。

"实际上就是这么回事。"汤姆补充道，"斥力装置射线将我们从地球推开，或者我们任何的目标物，就像在回弹之际的球体。"

随着大家不断驶离地球，乘客们挤到观察窗前。费林岛在海洋蓝绿色的水域中只是一个小点，虽然低洼地区有一层雾，但大西洋海岸线的详图尽收眼底。

"汤姆，一想到科学进步如此之大，真是让人惊叹不已。"斯威夫特先生语重心长地说，"不久前，人们还在嘲笑太空飞行的可行性，谁又知道前方的奇迹所在呢？"

不久，圆形的地球化为一缕水平弧线。在东边，旅行者们可以看到欧洲的海岸线。

"简直是天使之眼！"菲利斯低声说道。

随着地球渐行渐远，汤姆设定了一条去往太空站的稳定航线，然后卧躺在驾驶员座位上。"看！解放双手！"他笑着说道。

"哎呀，它自己在飞行！"桑迪欢呼道，"汤姆，这架飞船简直是美梦成真！"

"算了吧，你还什么都没见识到呢！"乔自吹自擂道，"等我穿上喷气推进式的太空服在这里走动一番让你瞧瞧！"

"何必要穿太空服呢！"巴德嘲弄他道，"我们还指望着你穿现在这件衬衫起飞呢！"

其他人不再对他打趣后，乔依然在那里洋洋自得。他最近穿的牛仔衫上印有一大群星体和不同星球："我自己设计这个宝贝来彰显我作为一名西部牛仔的身份。就算你喜欢，你有钱，也很难买到和我这件一模一样的！"

"这点我相信。"巴德小声嘀咕道。

就在他们安静地行驶在大气层上方时,汤姆通过挑战者号控制器注意着桑迪和泰德。

"你左边的这个东西是什么?"泰德指着一块巨大的荧光屏问道。

"我们的空间定位仪。"汤姆解释道,他打开了开关,屏幕随之亮起,上面出现一块红色且附近伴有小白点的弧形区域,"红色区域代表地球,白点是太空站,在位于太空更远的地方,太阳系中的其他天体会被收录其中。"

汤姆还向他们展示了一大块从他右手边机舱中伸出的控制板。上面各种各样的刻度盘标志着地球、月球、太阳、火星、金星和其他天体。

"这些刻度盘由我们的电子计算机上的带子传送信号。"汤姆解释道,"它们能告诉我们太空飞船与每个星体间的距离和角度,还有为了获取理想加速应该使用多少力来排斥它们。"

"机长,如果要我拿什么来证明你是个少年天才,那就是它了。"泰德满眼惊奇地说道。

"伙计,请接受鞠躬!"巴德冲汤姆笑道。

不一会儿,太空前哨站逐渐进入视野。泰德和之前从未来过太空站的女孩们一同屏息注视着惊人的场面。

巨大的银色轮状卫星看起来一动不动,实际是以每小时

11085千米的速度绕轨道行驶。天线、抛光反射器和一台格状结构望远镜从有十二条辐的轮子上伸出。

"每一条辐都自成一体。"汤姆对泰德解释道,"其中一些是为了机组人员的宿舍或实验室而设计的,一条是天文观察台,其他的是给太阳能电池充电的装配线,那些抛光反射器是用来将太阳光线集中在——"

巴德突然打断道:"机长,斥力装置向地球发出的光束无法关闭!"

汤姆立即检查了控制器,他按了几个杠杆和开关,还是没有用。

"儿子,出了什么岔了?"斯威夫特先生问道,安静地走向前去。

"爸爸,我无法减小地球引力。"

此时,太空飞船似乎以惊人的速度向太空车轮方向猛冲,不一会儿,它们就会相撞!

"飞奔的猫头鹰!"乔倒吸着气说,脸变得苍白,"你能让现在正在行驶的飞船返回吗?"

"未必能,乔,但你的想法很好,"汤姆强有力的手指在控制面板上迅速地移动,发出摩擦的声音。"我要对准太空轮的其他斥力装置,尽量避免撞击。"汤姆说道。

乘客们高度紧张地关注着,飞船逐渐减速,向接近太空站的稳定轨道驶去——地球的推力被前方的斥力射线抵消。

"儿子,反应真快!"斯威夫特先生赞扬儿子道。

"但——但是我们怎样到达太空站?"菲利斯紧张地问道。

"这就像乔刚才说的那样,做一个穿喷气驱动式太空服的勇敢年轻人。"巴德笑着说,"伙计们,穿上太空服!"

正常情况下飞船可能会受电磁吸引,被锁定在太空轮上,上面的乘客就会直接进入太空站的锁风通行道,然而现在要通过太空巨洞来完成转化。

当火箭驱动式缆索从太空站穿过时,除了斯威夫特父子俩,大家都穿戴着太空服、鞋子和头盔,一个接一个地从飞船的锁风通行道穿过。

为了让女孩们别太紧张,巴德走在前面领路。

"哦,伙计!这就像走进虚无一般!"菲利斯通过太空服上的无线电设备颤抖地说道。

巴德安抚地说道:"只要一直保持在这条缆索上面,两手交替扶着走过去就行。如果嫌太慢,可以按动太空服上的喷气式激光发射器。"

"不了,谢谢,我们会以最艰难的方式行进。"桑迪开玩笑道。

位于最后的乔突然发现他无法从飞船上挪动。

"救命!我动不了了!"他喊道,"动力射线把我困在这儿了!"

巴德听到乔太空服上的无线电设备传来呼喊声,回头看去，看到这个厨师的一条裤腿被卡在锁风通行道里，他大惊失色，副驾驶员立刻意识到如果乔从中挣脱，他的太空服就会撕裂，紧接着压力就会失衡，导致丧命！

"乔！你的太空服被卡住了，千万不要动！"巴德急忙警告他道，然后呼叫汤姆，让他打开舱门。

舱门打开后乔小心翼翼地出来了。"小伙子，"他说道，"你真是我的好朋友，还好只是虚惊一场，谢谢你。"

过了一会儿，他和女孩们以及机组成员安全地进入了太空站。随后巴德回来帮助斯威夫特父子俩，他们正在装有斥力装置设备的舱板下忙活着。

"找到故障了吗？"巴德问道。

"归航装置锁住了正在工作的辐射器。"汤姆答道，擦去眼角的汗水，"不知怎么，电路出现了故障，所以它一直在供应电力，无法回应转向信号。"

两位科学家担心必需暂时完全断开归航设备，采取人工控制。但经过数小时的努力，汤姆最终成功地解决了这个难题。

汤姆和爸爸终于到了太空站，前哨站指挥员肯·霍顿在此迎接，他大概三十岁，身材细长，一头黑色短发。

"贵客们，欢迎光临！"他向斯威夫特父子俩打招呼并相互握手，"汤姆，我迫不及待地想听你说说你的物质生成器。"

前陆军通讯部军官霍顿是斯威夫特的首个太空学员，也参与了太空站的建立。

"肯,设备还处在试验阶段。"汤姆答道,"我希望在这能将其完善。"

就在这时,巴德用肘轻推了汤姆一下,忧虑地指着泰德·斯普林。这个年轻的学员一脸沮丧,无助地瘫坐在长椅上。

汤姆感到一阵惊慌,首次进入太空巨洞的新学员经常会遭遇"空晕病",泰德是出现了这种可怕的反应吗?

第九章　失去知觉

汤姆向年轻的学员走了过去,把手轻轻地搭在他的肩膀上。"泰德,感觉还好吗?"他问道。

泰德抬起头,挤出一个微笑。"当然了,机长,我——我只是有点担心我的家人,别的倒没什么,从他们离开肖普顿后我还没听到一点消息。"

"我们马上就查一下。"汤姆允诺道,"跟我来。"

他带路走向通信舱时,让无线电操作员联系位于企业集团的哈伦·艾姆斯。

过了一会儿,安保主任的声音从设备中传来:"机长,怎么了?"

"泰德担心他妈妈和雷。"汤姆解释道,"自从他们离开肖普顿以后,你有没有关于他们的消息?"他问道,这时泰德俯下身来等待答案。

"我昨晚和斯普林夫人通过电话。"艾姆斯报告道,"她说刚刚又接到了汉普郡打来的电话。"

"汉普郡打来的？"泰德担心地插话道，"他是怎么知道她在那的？"

"坦白讲，我也不知道。"艾姆斯承认道，"也许是从溜进汤姆办公室的同个间谍那里得知的，目前为止还没找到他。"

"汉普郡说什么了？"泰德问道。

"他没有做出任何恐吓。"艾姆斯回答道，"只是嘲笑我们斗不过他，他对斯普林夫人说，'我只是想帮你们个忙，你们却跑了！'"

汤姆和泰德惊慌失措。"你认为他们现在有危险吗？"汤姆问艾姆斯道。

"当然没有。"安保主任答道，"今早我派了两名护卫飞到了那里，他们和工厂保持紧密联系。我告诉过你，没有可以到达蓝鸟湖的机动车道——如果有不明飞机出现，护卫们会立即通知我们。"

泰德在得知这些安排后心情马上好多了，两个年轻人发条消息转给泰德的妈妈和雷后，关掉了设备。"要是能知道汉普郡是怎么得知我妈妈电话的，我愿意付一大笔钱。"泰德说道。

"他很可能只是大胆猜测了一下。"汤姆提示道，"他可能和艾姆斯一样，都知道隐蔽的小屋，也想到那是个不错的藏身之处。"

两人离开无线电机舱时,泰德问道:"汤姆,你计划的第一步是什么?"

"装配物质生成器,再进行一次检测。"

各种零部件都已从挑战者号上卸载下来,在泰德和巴德的帮助下,汤姆在他的私人实验室里已经将零部件组装起来,占据了太空轮的一整个辐条。

"电力连接怎么样了?"巴德问道。

"我会用一排太阳能电池,"汤姆说道,"安置在线路上,太阳光就可以进行不间断的充电。"

不到一个小时,物质生成器已经准备好运行。汤姆关闭了主开关,桑迪、菲利斯和斯威夫特先生都前来观看,电流带着巨大的嗡嗡声开始运转,看到指针在主电流计上向上摆动的时候,汤姆笑了。

"效果好吗?"桑迪问。

"非常好!"汤姆答道,"和在大本营相比,这台设备为我提供了更多的电流。"

不久,他就能够从设备中提取稳定气流。"纯氧——而且很多!"汤姆用斯威夫特家光谱仪检测过后一阵狂喜,"我想这台设备可供挑战者号试用了!"

"太棒了!"菲利斯欢呼道,自豪地看着汤姆。

"太令人惊叹了!"斯威夫特先生判定道,"如果这台设备在挑战者号上的运转也这么好的话,你应该就能够进行各种

太空探险了。"

桑迪对哥哥亲昵地一笑:"我就知道你能做到,你给新设备取名字了吗?"

汤姆摇摇头:"你给它起一个吧。"

"太空太阳能装置怎么样?"桑迪提议道。

"嗯,听起来不错。"汤姆沉思道。

"这比物质生成器好多了。"菲利斯说道,"我认为它的含义是'通过太阳在太空集结能量的物质生产者。'"

汤姆笑了笑:"菲利斯,你说得太对了。从现在开始,它就叫太空太阳能装置。"

巴德大声说道:"住在太空似乎提升了桑迪的智力,也许你没必要再回家了。"他闭上了眼睛,又用一只胳膊挡住桑迪怒视的目光。

汤姆和其他几人再次将设备拆开,汤姆又监督着把它安装到了飞船上。"我们将直接连通输出管道和飞船的空调系统。"他对巴德和泰德说道。

现在,操控太阳能装置的电流将来源于飞船中强有力的能量转换电池,这些电池通过太阳光的光化作用发电,太阳光是由飞船机舱上的碟状反射器收集到的,并且可以集中使用。

巴德和泰德将会是汤姆首次测试中仅有的同伴。"一切顺利!"年轻的发明家准备起飞时,女孩们从太空站的无线电广播中说道。

"谢谢！"汤姆透过话筒回复道，"为我们祈祷吧，也许能给你们带回来一些星尘！"

他打开斥力装置设备的开关，松开磁性钩绳，使挑战者号在远高于太空轮的轨道上急速行驶。

"伙计们，准备好了吗？"汤姆问道，"这是对新设备的终极考验。"

他给太阳能装置预热，关闭常规大气供应，按下开关，使设备向飞船的空调系统供氧，很长一段时间过去了，大家都略带紧张地等待着——设备会禁不住考验导致供氧被完全切断吗？

终于，巴德松了一口气，拍了拍汤姆的后背。"哦，我们还能呼吸。"他笑道，"伙计，看来你的设备成功了！"

汤姆满怀激动地让巴德继续驾驶，走向旁边的右舷机舱，那里有飞船的泵送设备和空调装置，他检查了物质生成器上的各种刻度盘和阀门，新发明看似运转良好。

"顺利的话，我们一年内就可以在月球上有块聚居地了！"汤姆在回飞行舱的路上想着。

"从你的表情看一定有好消息。"泰德笑着说道。

"是的。"汤姆笑着答道，"如果我的第一台太阳能装置制氧就这么高效，下一个模型就应该能生产出我们长期太空之行所需的任何东西了！"

一个多小时来，旅行者们沿太空航线行驶着，同时享用着

第九章 失去知觉

乔为他们准备的三明治和可可粉。

"伙计们,我想我们应该返航了。"汤姆最后决定道,对目前的结果很满意。

两个同伴都没回应。汤姆惊讶地瞥了他们一眼,头一次注意到两人都昏昏欲睡。巴德倒在副驾驶座位上,显然处在半梦半醒之间。

"嘿,飞人!醒醒!"汤姆轻轻地摇了摇他。

让他惊讶的是,副驾驶员的头向后倚过去,巴德疲倦地抬着眼皮,呼吸沉重而劳累。汤姆盯着他看的时候,突然听到很大一声砰!他从座位上一跃而起,环顾四周,看见泰德瘫倒在舱板上。

"怎么回事?"汤姆气喘吁吁地问道。他走过去扶泰德,惊恐地感到双腿疲软无力!

踉跄地走了几步后,汤姆不得不倚在隔板上来支撑自己。他的头嗡嗡作响,感觉有点恶心。供氧一定出现了问题!

"我——我还是转换到常规系统为好。"汤姆低声自语,但他的声音逐渐减弱,一阵抵挡不住的困意袭来。他伸手去够空调开关时,无意识地跌落在舱板上!

过了一会儿,他被无线电传来的巨大声响唤醒,但仍虚弱地说不出话来,他攒足了力气时,声音停止了。

"我在哪?"他琢磨着,他一点点回想起同伴们是如何失去知觉的,"我刚才一定也昏过去了!"

他凭借着巨大的毅力，奋力站起身来，看着空调系统的开关，他之前旋动过开关，现在把空调开到了最大。然后，他从饮水机倒了水，从急救箱拿了氨味嗅盐，走去帮巴德和泰德醒过来。

过了一会儿，汤姆的头脑清醒起来。很快，他的两个同伴也恢复了意识。

"发——发生了什么？"泰德虚弱地小声说道。

"还不清楚。"汤姆答道，"但我怀疑是太阳能装置的供氧出了点问题，给——多喝点水。"

巴德和泰德刚刚能够站起来，汤姆就急忙去检查他的物质生成器。当他回到飞行舱时，巴德朝他质疑地瞥了一眼。

"解决了吗？"

汤姆严肃地点了点头："光谱仪显示，设备刚才产生了十万分之一浓度的一氧化碳，不足以致命，但足以让我们失去知觉！"

霍顿和斯威夫特先生一直近乎疯狂地呼叫他们，男孩们用无线电与其通话后，回到了太空轮。

"哦，真高兴你们没事！我们担心极了。"菲利斯迎接他们道。

"我的太空太阳能装置出现了一点故障。"汤姆回应道。他向爸爸报告了整个过程，又补充道："刚才设备的运行频率稍有些不正常，但我想我已经更正了电路的设计，所以这样的事不会再发生了。"

为了提振大家的精神,桑迪戏弄地说道:"你承诺给我们的星尘呢?"

"妹妹,这得以后再说了。"汤姆讪笑地回答道。

"说到星尘,"斯威夫特先生发话道,"我正在开展一项有趣的关于宇宙尘埃的实验。"

男孩子们之前就知道斯威夫特先生自己正致力于一个神秘的项目,都急切地想知道更多细节。这位科学家解释说他正在开发一项计划,旨在将太空间宇宙尘埃的微小粒子融合起来,使其质量足以形成一块"天空之岛"。

"如果我的计划成功。"他对大家说,"我们就能在太阳系的任何地方建立太空平台或小行星了。"

"多好的一个想法啊!"巴德突然说道,"哎呀!有了那样的太空岛,就可以建立通往各个行星的道路了!"

"完全正确。"斯威夫特先生点了点头,"更重要的是,这项技术会为我们的国家提供最具价值的空间控制手段,来保卫和平。"

"爸爸,你说得对。"汤姆深有感触地说道,"那是我们要努力争取的最重要目标。"

在接下来的两天里,汤姆开始研究他的第二台物质生成器,除了比第一台设备更强大、高效,新设备还能生产出除了氧气以外的其他元素。

"最快多久能完成?"桑迪看哥哥给电子控制面板连线时

急切地问道。

汤姆回答之前，先在他的一台令人赞叹的微型电脑上（巴德曾给它起绰号叫"小傻瓜"）进行了一系列运算，随后又在设计图上匆匆进行了一项校正。

"妹妹，现在这个设计完整了。"他回答道，"然而，这些铸件和一些较大的部件需要回到企业集团制作，为这台设备提供电力的能量集合器也要在那里制作。"

"就是说我们要回到肖普顿？"巴德插嘴道。

汤姆点了点头："你、我还有女孩们明早启程。我会提前通过无线电进行通知，有关其他部件的工作就可以马上开始，设计图可以通过电视转播。"

次日，四个年轻人乘坐挑战者号出发了。"把那些帅气的前哨站工程师留在那里真是遗憾。"桑迪叹了口气，淘气地向菲利斯眨了眨眼睛。

巴德向汤姆挤眉弄眼道："机长，现在把她们带回家真是幸运，要不就彻底惯坏了。"

汤姆笑道："让她们回到地球真是让咱们俩开心！"

挑战者号刚着陆，汤姆就和朋友们动身去了肖普顿。年轻的发明家匆匆赶去问亚弗·汉森有关能量集合器的进展。

亚弗沉重地摇了摇头："机长，很抱歉，我们太倒霉了，我们为光素合金和导电金属片制作的印刷版莫名其妙地损毁了，这可能是一场蓄意破坏！"

第十章　救生索

汤姆大吃一惊："你有没有向哈伦·艾姆斯报告印刷板损毁的事情？"

"当然。"亚弗答道，"安保部马上着手调查，他们清理了碎掉的板子想提取指纹，但没发现指纹。印刷版显然是从架子上摔下来的，上面有严重的划痕和破损。安保主任还在整个工作区采集指纹，但是他们找到的只有我的，和我手下员工的。"

"这么说没有线索了？"汤姆问道。

亚弗犹豫了一下："嗯，安比·林特纳提出了一个可能的解释。"

"林特纳？"汤姆感到奇怪，"他不是没参与这个项目吗？"

"是没参与，但他指出鲍勃·鲍威尔在意外发生那天把狗带进了摄影实验室，他想用狗作高速摄影实验的对象，安比说那只狗可能挣脱了狗链，把印刷版撞倒了。"

"你怎么想？"汤姆问道。

亚弗·汉森耸了耸肩："鲍勃说他一直看着狗呢，安比就是想显得聪明，但我觉得这种情况有可能。"

汤姆若有所思地皱着眉，想起了办公室里把瓶子碰倒的神秘偷听者，这两次意外会不会是一人所为呢？

"哦，好吧。"他最终决定道，"不能让意外阻止了进程，亚弗，开始做一些新的印刷版，好吗？"

"汤姆，我们已经在做了。"汉森报告道，"我们会以最快的速度赶这项工作，但是板子制成还需要几天。"

"好的，尽快吧。"

在公司自助餐厅的午餐时间，汤姆把这次意外告诉了巴德。

"那是不是意味着能量集合器制成之前，你的工作就暂停了？"巴德问道。

汤姆摇摇头，舀起最后一匙炖牡蛎送入口中："不会，我回前哨站去完成我第二台设备的工作，我相信可以搭建一个临时的电力装置，想一起来吗？"

"你把我留在这试试！"

下午三点多，汤姆之前通过无线电要求的铸件和其他部件都已完成，并都装到了一架货机上，由汤姆带到费林岛。他和巴德在这儿乘坐挑战者号启程回到太空站，两人在预定时间内到达。

几小时的休息过后,汤姆投入到他太空太阳能装置第二台设备模型的工作中。三小时之内设备装配完成,可以进行测试。巨大的设备占据了汤姆太空实验室的绝大部分空间,带有仪表盘的控制面板伫立在那里,和两个男孩一样高。

"哇!真是个大家伙!"巴德喘息着说道,"你说它能生产出除了氧气的其他元素?"

"如果我设计得没错的话,应该能,"汤姆说道,"看到那些标有元素控制和同位素控制的按钮了吗?"

巴德点了点头:"是干什么用的?"

"通过用这些控制按钮转化加速粒子的速率,我们就能选择想生产出的任何元素或任何元素的同位素。"汤姆解释道,"在通过热量变压器后,固体物质会在这个收集槽内凝结,气体或液体可以从这个阀门中提取。"

巴德挠了挠头:"它看起来好像电力足够的话就能驱动宇宙飞船了!你刚才所说的那个临时的电力装置装配好了吗?"

"那是我们的下一项工作。"汤姆指着一捆和设备部件一起带来的金属箔,"我们要到太空站外面把金属箔塑造成巨大抛物面反射器的形状,用它来将太阳光线集中到一排能量转换电池上,就像在挑战者号上面那样。"

汤姆找来泰德·斯普林和一些机组人员,解释了这项工作,命令同事们穿上太空服。

乔·温克勒很想有一个加入他们的理由,他偷偷地溜进了飞船的厨房，拿回了一卷绳索："头儿，自从我离开家乡后，就不怎么用绳索了，你认为我是不是可以趁你们工作时练练甩绳子？"

汤姆冲着这个矮胖的厨师笑道："当然了伙计，穿上你的太空服！"

大家一个接一个地从太空站锁风通行道中穿过。尽管耀眼的阳光使所有的物体闪闪发光，但太空巨洞内却漆黑一片，只有远处恒星和行星在黑暗中闪烁。

两个机组人员用喷气式滑轮车拖拽着那捆沉重的金属箔和其他设备。工作小组的其他成员在太空服反应激光发射器的作用下向前行进。

乔格外活泼。"请大家观赏宇宙山艾树，我真希望能在天际之间坐在马背上翱翔！"他通过太空服上的无线电设备大声说道，"那我就能让你们看看牛仔的精湛骑术了！"

"也许我能帮忙。"巴德回应道，"我会告诉你怎样在太空中找到一匹马！"

"你又拿我开玩笑？"乔说道。

"没有——乔，我是说真的。"巴德回应道。

"在哪能找到这匹马呢？"

"仅在九百万亿千米以外。"巴德笑道，"他是双翼飞马星座的珀加索斯。"

乔通过透明的圆形气罩头盔瞪着这个年轻人。汤姆笑着解释道:"巴德在说一组星系。"

"如果他还是不停地开我玩笑,哪天让他去看那些星星!"厨师说道。

汤姆监督着打开了那捆金属箔,通过接线架固定成一台碟状反射器的形状,转而将其与可旋转金属箔的小型机件相连,这样反射器就可以一直面向太阳了。

"在检测准备完全就绪之前,先别让它对着太阳。"汤姆提醒工作人员道。

接下来他把注意力转移到连接能量转化电池的工作上,电池被安装在太空轮中心附近的位置,通过内部传导器可连接到汤姆实验室里的变压器上。

工作进行着,乔高兴地甩着套索,试图将其套在太空站外部的旋钮附近。起初,在笨重太空服的拖累下,他发现投掷套索很困难,失重也使他在开始的几次投掷判断错误。但很快,这个老牛仔发挥出精湛的技艺,套住了目标。

"老前辈,干得好!"巴德鼓掌道,"让我试试怎么样?"

"当然了,小伙子。"乔看到有机会从年轻的副驾驶员那扳回一局,满意地笑着说。巴德没能套住旋钮,屡战屡败,脸涨得通红。

"我认为这对新手来说已经不错了。"乔同情地说道,"只要你多加练习,总有一天会做到的!"

泰德和其他机组成员看到巴德狼狈的样子后哈哈大笑。过了一会儿，他们也恳求一次投掷套索的机会。

同时，汤姆进入太空站完成连接工作。机组成员伯特·艾弗雷特继续着能量转化电池的工作。

忽然间，巴德和其他人被对讲机传来的一声尖叫吓了一跳。

"看！是伯特！"泰德·斯普林大叫道。

让人害怕的是，伯特穿着太空服的身影痛苦地扭动着！他的四肢不停地猛烈摆动，但似乎没法离开他工作的地方。

巴德马上去看是哪出了问题，他开启了喷气式激光发射器，冲过去援助那名无助的机组人员，当他向那块工作区域靠近时，一阵热浪划过他的太空服。

巴德瞬间明白了原因所在！不知为什么，金属箔反射器一直面对着太阳，它像一块燃烧着的玻璃，将太阳光线直接聚焦在伯特·艾弗雷特被困的地点！不仅是伯特，每个试图营救他的人，都会被活活烧死！

"乔，用你的套索把伯特从那儿救出来！"巴德一边从那块危险的区域返回，一边对着太空服上的话筒大喊道。

关键时刻，乔用牛仔的精湛技艺做出了回应。他从泰德手中抓过套索，立刻将其绕成圆环状，在自己头部上方来回摆动。一秒过后，套索从空间穿过，落在了伯特的肩膀附近，乔猛地一拉，把伤者拖回了安全地带！

第十章 救生索

一旁观看的机组成员欢呼起来,但看到伯特死一般的惨白面容,他们的欢呼声在一片震惊的寂静中慢慢退去。

伯特和巴德两人被快速送到太空站的医院,他们在医院里脱下了太空服,主治医生才能治疗他们的灼伤。幸运的是,巴德没有受伤。伯特·艾弗雷特因其太空服内部气温的急剧增加而受到了严重的电击,多亏托马塞特的保护层救了他一条命,他立刻被放到床上。

"怎么回事?"泰德和其他机组人员站在他的旁边问道,他们还未从同伴意外的惊吓中走出来。

汤姆捡起伯特废弃的太空服,指着背部的喷气式激光发射器附件。"来自反射器的热量熔解了喷气嘴,所以无法发动。"汤姆解释道,"没有了反应激光发射器,他根本就动不了!"

伯特在病床上虚弱地冲他们笑着。"你发现自己在原地无法动弹,像在噩梦中一样。"他说道。

"感觉怎么样了?"汤姆同情地问道。

"有点脱水,其他都还好,顺便说一下,乔,"伯特转向年长的西部人,"谢谢你拖我出来,要不是你套住我,我就烤熟了,我是说真的熟了!"

"哦,你这是什么话,这不算什么。"乔谦虚地小声说道。

"哦,是啊,老前辈,你太棒了。"汤姆说道,一只手搂

着乔的肩膀，"你值得嘉奖，还有伯特，如果能给你点安慰的话，你其实帮了我一个大忙。"

"机长，何出此言？"伯特问道。

"不知怎么，反射器的机件正好得到了足够的电流转向太阳。为了确保以后有人工作时此类事件不再发生，我计划安装一套自动调温的警报系统。"

就在这时，溜走了有一会儿的巴德走进了机舱。"乔，给你的。"他说道，把它交给了厨师，"我的一点小意思。"

乔大笑着，打开了包裹。接下来的一刻，他的笑容被目瞪口呆的惊讶所取代。里面放着一条绿色的蜥蜴！它的喉囊缓慢地跳动，抬着头用警惕的双眼凝视着老牛仔。

"真是个精力旺盛的小家伙！"乔一时间不敢相信他的眼睛，他随后转向汤姆，"头儿，送你些草原仙人掌吧，你是不是用你的设备生产出这个小家伙？"

第十一章　惊人的消失

"伙计,这可与我无关!"汤姆笑着说道。

乔感到迷惑。"请大家喝野火鸡汤,可这是从哪来的呢?"他喃喃自语道,用手指轻抚着蜥蜴,"可怜的小家伙——离家这么久还没见过蜥蜴呢!"

"偷偷地告诉你,它是坐飞碟来到这里的。"巴德一脸义正词严地说道。

乔怀疑地瞪着他,巴德忍不住笑出声来:"好了,好了,老前辈,别生气嘛,我只是从动物学实验室借来的而已!"

乔性情很温厚,不会在意这种玩笑。此外,他看到这只来自家乡的小爬行动物的第一眼就被触动了。"就凭这一点,我要把它作为吉祥物。"他宣布道,"我要叫它小白杨。"

汤姆笑了,轻轻地拍了拍乔的后背:"这个奖赏是你该得的,伙计,现在去吃饭吧?"

这个矮胖的厨师眉开眼笑:"头儿,我这就来!"

汤姆快速地吃完法兰克福香肠和烤豆的午餐后,准备给他

的第二台物质生成器进行检测,金属箔反应器被调至面向太阳的方向,能量转换电池开始发电,汤姆就给设备供电,实验室因大量的电流声嗡嗡作响。

"它是怎样运行的?"过了几分钟巴德问道。

汤姆开心地笑着。"真的大量产出氧气了!"他回应道,"还好我安排了把它输送到太空站的供应槽,不然我们就一直在这看着它开心了!"

"你以后要尝试制造固体物质吗?"泰德问道。

汤姆点了点头,研究着仪器上的波形,调节了几个旋钮,然后他按下一个元素控制按钮。"我们先尝试碳。"他解释道,"碳是所有有机化合物中的基本元素。"

当太空太阳能装置开始运行,年轻的发明家紧张地站在一旁。他像一只鹰一样紧盯着控制盘,不断地来回调节着指针。

时间缓慢地流逝……半小时……然后一小时。最后汤姆检查了收集槽,里面散落着一层薄薄的黑色粉末!

"有魔法!"巴德喊道,"汤姆,别卖关子了,那是碳元素吗?"

汤姆取了一点儿在拇指与食指之间来回摩擦。"很好,看起来像是。"汤姆回应道,心脏怦怦地跳动,"但我要确定一下。"他用斯威夫特光谱仪检测了这种物质,然后点了点头,什么也没说。

"你看起来并没有那么开心。"泰德说道,"这值得欢呼，不是吗？"

汤姆苦笑了一下："如果你指的是设备运转，确实是成功了，但是这种生产率在我们的月球或太空巡游中并没有多大用。"

"为什么呢？"巴德问道，"是太慢了吗？"

"实在太慢了。"汤姆说道，"还是老问题——电力不够，也就是说我们真正的测试得等到亚弗的那些能源集合器完成了以后再进行。"

汤姆试图通过食物或燃料化合物中所包含的两种其他元素——氢和氮来结束实验。因为氢气极其易燃，汤姆将设备调至低档，只要生成一点点就可以。然而结果明确显示，太阳能装置可以大量产出这两种气体中的任意一种。

"恭喜你，儿子！"听完汤姆的报告后，斯威夫特先生说道，"在第一次检测的基础上，我坚信能量集合器准备就绪后，你的设备不会辜负我们的期望。还有，你们中有谁愿意给我的宇宙尘埃项目帮忙？"

汤姆、巴德和泰德都迫不及待地想帮忙。在斯威夫特先生的指导下，他们在太空轮中心安装了一系列强有力的电极。老科学家自己忙着在太空站安装一台特殊的波力发电设备。

设备安装完毕，斯威夫特先生关闭了一个开关，设备发出了一束超高频的电离子射线，男孩们每过几分钟就检查一次电极。宇宙尘埃开始一点一点地在正极附近聚集。乔敲响晚饭的

钟声之时,粒子已经形成了一个石块,有着金属的光泽,看起来有点像一颗小型陨星。

"不错的开端。"斯威夫特先生检查结果时笑着说道,"但是我的问题似乎和你一样,汤姆,这个工作过程也非常缓慢。"

"爸爸,随着吸附面积的不断扩大,粒子可能会积累得更快。"汤姆指出,"我们明天继续试验,我太想知道会有什么进展了。"

第二天早上,太空站机组人员吃早饭时,亚弗乘坐飞行火箭从费林岛赶来。

"汤姆,光素合金和导电金属片完工了。"他报告道,"箔管结构也完工了,我做的量足够一打能量集合器使用。"

"亚弗,干得好!"汤姆称赞道,"把它们卸下来,装一个到我的实验室里。"

在亚弗和巴德的帮助下——泰德留在斯威夫特先生那里——汤姆立刻开始工作。每一套光素合金导电金属片都被安装在十字形的管道结构中,互相交叠成了很大一堆,随后线路连通。几个小时过去,不到下午三点工作完成了。

"哇!"巴德疲惫地喘息道,"就像玩一个非常难的字谜游戏!"

"飞人,这才只是个开始。"汤姆笑道,"我们还要检测另外十二台呢!"

最后，有了更多人的帮助，检测完成了。每一台能量集合器都整齐地合拢在一起，紧密地捆成一团，一个接一个地被运送到太空飞船上。

"你是否还要用氦气给管道充气？"亚弗问道。

"是的。"汤姆答道，"但我要先咨询一下爸爸，充气压多少合适。"

年轻的发明家匆忙赶往爸爸的实验室，却发现空无一人。一位机组人员告诉他斯威夫特先生和泰德·斯普林离开太空站到外面去进行宇宙尘埃的实验了。

汤姆穿上太空服，穿过锁风通行道去了外面。令他惊讶的是，泰德和爸爸都没在太空轮附近。汤姆回到飞船里面，认为是机组人员弄错了，他使用扬声器系统，但在太空站机舱仍然找不到爸爸和泰德。

汤姆担心地对肯·霍顿说："他们在哪？"

"我只知道他们出去了。"肯强调道，"他们两人都和我说了，但从未到我这儿报到，而且你爸爸自己立下的规矩，说在前哨站实验室专人不能离岗。"

"他们现在不在那儿。"汤姆简洁地说道。

汤姆害怕两人流动到太空巨洞，下令使用太空站望远镜搜索。但在周围的区域搜寻了一圈过后，并没有发现两人的任何痕迹。

与此同时，无线电和雷达操作员也在设备前忙碌着，但也

第十一章　惊人的消失

没能联系到二人。一次次的呼叫信号得不到任何回应，雷达望远镜显示在可视范围内没有发现身穿太空服的人类物体。

这会儿，汤姆担心得快要疯了。巴德尝试着安慰他，说斯威夫特先生一定不会做蠢事的，但汤姆还是非常担心。

"他们出去了，也许走丢了。"汤姆紧握着旁边的隔板，"我应不应该告诉妈妈和桑迪呢？还有斯普林夫人？如果她认为泰德有什么不测，会崩溃的！"

乔·温克勒在得知消息后马上从厨房出来，看着年轻的发明家来回走着，矮胖的厨子用手拉住了他的胳膊。"头儿，听着，"乔同情地说道，"你把舱板走穿也无济于事，为什么不呼叫哈伦·艾姆斯呢？说不定他能给你点提示。"

"乔，好主意。"汤姆赞成道。

不一会儿他就联系上了企业集团的艾姆斯，并向他解释了情况。"你有爸爸的消息吗？"他问道。

"汤姆，还没有，这很严重，你完全不知道斯威夫特先生和泰德发生了什么？"

"只有一种推测。"年轻的发明家答道，"他们可能走出前哨站很远，被困在了什么奇怪的电磁流中，无法使用无线电设备，更别提那东西可能把他们带出多远了。好吧，既然你不知道我爸爸的消息，那我就开挑战者号出去找他们！"

"很高兴听你这么说。"艾姆斯说道，"还有，你爸爸和泰德消失的事最好暂时保密，不要给你妈妈或斯普林夫人带来不必要的惊吓。"

"哈伦，我知道了。"汤姆保证道，"伙计，我会告诉你进展的。"

挑战者号已经快速地为起飞做好准备。除汤姆和巴德以及一些常规机组人员，亚弗·汉森和乔·温克勒也愿意一同前往。

"之前从未在太空用过搜寻模式。"汤姆将大型飞船从前哨站开出时巴德说道，"我们该怎么做？"

"用电脑。"汤姆答道，"我已经输入了消失时间和他们意志力所能承受的最大可能速度的有关数据。从这里开始，飞船就由电子脑导航，以最有效的模式搜救。"

半小时过去了，雷达操作员从通讯室向汤姆报告道："机长，屏幕上有东西出现！一个快速移动的物体，于12级海拔处，正在向左侧呈90°旋转，无法辨别！"

汤姆旋转斥力装置，快速地向上摆动飞船，一个点状物从雷达屏幕闪过。

"只是一个特大号流星！"汤姆在追踪了一会儿后哀怨地说道。

三小时过去了，他们一直绕着太空站移动，进行着大范围搜索。尽管他们时刻警惕着，也没有获得任何有关斯威夫特先生和泰德下落的线索。

汤姆疲倦而沮丧，但不愿认输，他向幽灵卫星内斯特丽亚

第十一章　惊人的消失

驶去,这颗微小的行星被外太空的不明生物带入近地轨道,斯威夫特家与其建立了友好的通讯。太空间的生命想将其作为拜访地球的第一站,但到目前为止还有问题没解决好。

"头儿,到小月亮上去看看吗?"当那颗多岩石的小卫星渐入眼帘时乔问道。

汤姆沉重地点了点头:"乔,这也是一丝希望,也没有别的办法了。"

几个月前,汤姆带领一支探险队来探索这颗卫星。汤姆为了表达对妈妈玛丽·内斯特·斯威夫特的敬意,将其命名为内斯特丽亚,但巴德最初起的"小月亮"的绰号也一直用着。

不久后,小行星占满了他们的视图面板。除了汤姆一行人安装在这里的装置外,崎岖而贫瘠的小卫星表面布满了黄色的坑洼以及向上隆起的粉、灰、蓝三色碎石块。

汤姆在卫星周围缓慢地行驶着,回忆起他上次来这儿时的大部分地形。然而,雷达和望远镜都没有侦察出任何最近登陆的迹象。

"机长,你觉得怎样?"亚弗问道,打破了沉寂。

"恐怕毫无希望。"汤姆带着沮丧的声音回答道。

巴德突然间打了一个响指:"嘿!汤姆,为什么不打给你太空的朋友们呢?他们几乎知道发生的所有事情,甚至,说不定他们和你爸爸的消失有关!"

汤姆听到建议后振奋起来:"巴德,好主意,值得一试。"

几个月以前，斯威夫特父子俩收到第一封太空朋友的来信，它被刻在发射到地球企业集团中的一颗类似流星的黑色导弹上，汤姆和他爸爸成功地破译了导弹上奇怪的数学符号。此后，他们用一台强大的传导器与发件人用编码进行"交谈"。新进来的信号收集在汤姆之前发明的一台新型示波器上。

此时，亚弗接手驾驶飞船，两个男孩匆匆赶往无线电机舱。汤姆发送了一条信息解释情况，并询问关于斯威夫特先生和泰德的消息。

几分钟过去了，男孩们专注地盯着屏幕，但是上面没有闪现任何符号。

汤姆的心情沉重极了。"巴德，"年轻的发明家痛苦地说道，"我开始觉得爸爸和泰德好像被绑架了！"

第十二章　莫名来信

"绑架!"巴德惊叫道,"你是说被你太空的朋友们?"

汤姆耸了耸肩:"也许吧,但更可能是一些我们在地球上的对手,别忘了,还有很多像汉普郡一样的滋事者,而且,那些间谍和不法分子为了窃取我和爸爸发明的秘密也会不择手段。"

巴德意识到汤姆话很有道理,打起了冷战。不仅是在肖普顿的家里,还有在海底,乃至在地球上最偏僻的一角,年轻的发明家都已经和阴险的对手们反复交手,他们想方设法要盗取科学天才斯威夫特一家的发明成果。

"伙计,振作点。"巴德坚定地说道,"我们会找到他们的——用不了多久!"

但是回到太空站的挑战者号上来的,是一群表情阴郁的搜查人员。

"有进展了吗?"肯·霍顿问道,太空站的机组人员都焦急地聚过来打探消息。

汤姆摇了摇头:"我们看起来似乎有三个选择——一是自然现象,再就是太空人,再或者是地球上的对手。如果是最后一个的话,之后可能会有消息。"

年轻的发明家无精打采,已经无力去责备那个本应在屏幕上侦查出一些劫掠者的雷达操作员。但乔自己一口气说了很多斥责的话。

"我不想点出谁的名字。"乔咆哮道,"但如果某些人像他们本应做的那样一直监视着,方圆一百千米根本进不来绑匪!"

"嘿,乔,等一下!"一个高高瘦瘦的雷达操作员走上前来愤怒地说道,"我从12点到4点一直在操控侦查雷达,我能保证没有错过屏幕上任何一个光点!"

汤姆饶有兴趣地眨着眼睛。"如果是这样的话,"他说道,"我们的对手一定有一台强大的设备,把爸爸和泰德拖到了很远的距离后才把他们送上太空飞船!"

巴德握紧拳头:"就像我们在来月球的路上那样,动物火箭被神秘地拖走了。我敢打赌,这一点可以证明你爸爸和你太空上的朋友在一起!"

一种奇怪的疾病威胁着该星球动物的生命,所以太空上的人们最近发射了一艘装有感染动物的火箭,希望斯威夫特父子俩能找到治疗方法。后来,疾病被攻克了,火箭就被某种神秘而不可见的力量带走了。

"巴德,你也许说得对。"汤姆若有所思地皱着眉。

"我当然说得对。"巴德兴高采烈地说道,"我也不会叫他们绑匪,我记得你爸爸的太空服上有一个无线电设备,他本来是可以呼救的。我有预感,有机会接触太空人时,他只是无法抵御这种诱惑罢了。机长,你会收到他的消息的,而且可能快了。"

"我当然希望是这样。"汤姆说道。

但他没有完全信服,一次次驾驶挑战者号出行,希望能找到一点关于两人失踪的线索。他一直和哈伦·艾姆斯保持着联系,但两天过去了,没有一点儿斯威夫特先生或泰德的消息,汤姆的惊慌加剧了。汤姆想着,就算爸爸之前离开时没有机会发送无线电信号,如果他和好人在一起,到了现在肯定会发来消息了。

在失踪后的第三天,汤姆尽管没食欲,还是逼自己吃一点儿早餐。这时一名无线电广播员快速地冲向饭舱。

"嘿,机长!"他大喊道,挥动着一张纸,"我们得知了你爸爸的一点儿消息!"

汤姆从长椅上弹起,兴奋地说不出话:"斯蒂夫,从哪得到的消息?消息怎么说?"

"我不知道是谁发的消息。"无线电广播员答道,"发送者没有署名,给,看看吧!"他把这张纸用力地塞到汤姆手中。

汤姆为焦急的机组人员大声朗读道：

在太空前哨站的汤姆·斯威夫特，你的爸爸和同伴都很安全，还会发信息给你。

"看吧，伙计，我说什么来着！"巴德大叫道，"你爸爸和泰德一定是和太空上的人在一起！"

"巴德，我还是不够确信。"年轻的发明家缓慢地说道，"他们之前从未用我们的语言和我们通过信。"

"他们之前也从未带你爸爸上过太空飞船。"巴德指出，"可能是你爸爸组织的语言。"

"也许吧。"汤姆喃喃自语道，"如果这样的话，我希望下次在我摆动摇杆，外出寻觅踪迹之前，他能亲自署名！"

为了从担忧中分分神，汤姆投入到他太阳能装置的工作中去。他在实验室做了几项其他的实验，然后叫亚弗和巴德帮他把设备安装到挑战者号上。

"我们要用能量集合器对它进行检测。"汤姆对他们说道，"如果设备运行良好的话，我们就可以开始计划月球探险了。"

"带个头吧，月球小子！"巴德大喊道。

不到两小时，物质生成器拆卸后重新组装到太空飞船上。能量集合器已经被绑成小捆，放在那里准备就绪，只剩氦气槽没有安装到飞船上。

挑战者号立刻从前哨站起飞。汤姆继续加速，随后进入了

第十二章 莫名来信

一条远离太空站的轨道。

"机长,我们在哪进行检测?"亚弗·汉森问道。

"这块地方就行。"汤姆答道,解开斥力装置。

随着飞船沿着轨道的速度运行,亚弗、汤姆和两个机组人员穿上太空服,拖着能量集合器穿过了锁风通行道。站在飞船的登陆平台上,他们解开了一捆能量集合器,用喷气式滑轮车将其拖到太空巨洞。气体管道的自由端通过外部的一个特殊密封装置向飞船内输送。

"机长,都准备好了吗?"工作小组回到飞船后,巴德的声音从对讲机中传来。汤姆和亚弗去往装有太阳能装置和气槽的机舱。

"一切准备就绪。"汤姆答道,"通过视图面板观察,告诉我金属片是怎样展开的。"

"收到!"

打开气槽的开关后,汤姆向管道内输入氦气。

"汤姆,进展不错!金属片马上就展开了!"巴德说完,过了一会儿他又补充道,"好的,停止输气!现在完全展开了!"

汤姆和亚弗怀着紧张和兴奋的心情,匆匆赶往巴德正在控制的机舱。一幅激动人心的景象透过驾驶窗映入眼帘,能量集合器完全展开,在太空巨洞的黑暗中与气体隔绝开来,像一片巨大的镶着银边的船帆,管道在阳光的照射下发出耀眼的光芒，金属片没有反光。

"伙计，多么壮观的景象啊！"一个凑过来观看实验的机组人员欢呼道。

"我们就是太空时代的船手！"巴德打趣道。

"它们真的很像船帆。"汤姆说道，"只有它们不用风，能量将来源于——"

他话还没说完，突然呼吸加重。一台集合器突然间翻腾起来，形状走了样，在太空巨洞中狂乱摆动着。

"机长，怎么回事？"亚弗大喊道，紧抓着汤姆的胳膊。

"我也不知道，我马上去查！"

汤姆快速地穿上太空服，通过锁风通行道向外面冲去，用喷气式激光发射器让自己驶离登陆平台，其他人通过视图面板观察。

他们看着年轻的发明家向翻腾着的能量集合器疾驰而去，到那后开始沿其表面飞行，显然是在试图寻找故障的原因。突然间箔管结构开始从电池板上松动。

"天啊！整个结构都要散开了！"巴德大喊道。

管道和电线就像挥舞的触须一般包围着汤姆，他像一只被困在网里的鱼！同伴们看着他奋力地从混乱中挣脱出来。

"就像我炖的八爪鱼，他的四肢都被缠住了！"乔含糊不清地说着，"快！拿我的太空服来！我要去那救他！"

"我和你一起去！"巴德补充道，"亚弗，你来控制！"

第十二章 莫名来信

副驾驶员向下爬到舱板上,乔紧随其后。但当他们穿上太空服,穿过锁风通行道后,看到汤姆正安然无恙地回来了。

"怎么回事?"巴德用太空服上的无线电设备焦急地喊道。

"管道连接处有地方松动了。"汤姆回复道,"气体在压力的作用下渗了出来,最后整块金属板都出现了故障。"

"头儿,你没事吧?"乔问道。

"当然没事。"汤姆笑着说,"这是一场苦战,但我最后还是挣脱出来了。你们俩帮我给其中一些松动的管道加固一下怎么样?"

"伙计,你这是找对人了。"乔自夸道,"对我这样的套索专家来说,这根本就算不上什么活儿!"

工作了20分钟后,三人成功地修好了大部分箔管和电池板,回到了挑战者号。

"我要用其他集合器开始测试太阳能装置了。"汤姆宣布道。

令大家高兴的是,设备的运转近乎完美,大量地生产出几种简单的元素。汤姆并没有因结果而激动不已,倒是看起来兴致不大,无精打采。

"我想他非常担心爸爸。"亚弗·汉森对乔耳语道。

老牛仔向厨房赶去。"我想我能用可口的食物让他振奋起来。"他自言自语着。

用飞船上的电幅做饭只需要几分钟。片刻过后，乔手拿一碟满载食物的托盘，坐电梯来到舱板，带着盖的菜盘中香味四逸，有玉米油炸饼、丁字牛排和热碎肉馅饼。

"天啊，乔！这都是什么？"当厨师走进驾驶舱时，汤姆大叫道，"在太空内没人能确定三餐的时间，但这看起来像是把一天的三餐合并了。"

"我来告诉你这是什么。"乔说道，"为地球和太空最聪明的年轻发明家准备的一场特殊盛宴！"他掀起了餐盘的盖子，一一展示着烹饪成果。

汤姆充满感激地笑着向乔致谢，他尽量表现出有食欲的样子吃着，厨师站在一旁满脸笑容地看着他。但在这个厨师离开机舱后，年轻的发明家就几乎没再动这些食物，他对爸爸和泰德·斯普林下落的各种担忧再次袭来。

"我没有把这件事告诉妈妈，做得对吗？"汤姆不安地说道，但他一想到告诉她这个消息就害怕。"我要再和艾姆斯谈谈。"他决定道。

食物只吃了不到一半，汤姆就把餐盘堆到一边，急忙向无线电机舱赶去。过了一会儿，他和在企业集团的哈伦·艾姆斯取得了联系。

"嗨，汤姆！我正要找你呢。"安保主任说道，"我得到了一些消息。"

第十三章　秘密公式

"有关于爸爸的消息吗?"汤姆急切地问道。

"并非直接的消息,"艾姆斯答道,"但或许和你爸爸的失踪有关。"

"你说说看!"

艾姆斯的消息和《企业集团期刊》有关,当第一期被发送到保密的邮寄收件人后,其中一名收到副本的科学家发现了一些惊人的信息,打来了电话,他指出一些出现在文章中的公式和那篇文章中所研究的对象毫无关联。

"我后来核对了公式,"艾姆斯继续说道,"结果是关于你的新太阳能装置的电路设计的。"他把公式读了一遍。

"天啊!哈伦。"汤姆惊叫道,"那本属于高级机密!我确定当我和爸爸审稿时公式不在文章中!"

"你说得对。"艾姆斯说道,"确实没有,我们从打印机那里拿到了最初的打印稿,发现有人用铅笔添进了那个公式。"

"'那个人'是谁?"汤姆问道。

"我们到现在还没能查出。"安保主任说道,"但我有预感是有内鬼。"

"内鬼!"汤姆震惊地说道。于是,他又想起了在他办公室碰倒化学设备的那个偷听者,汤姆也怀疑是他损毁了打印板。汤姆也许这三起事故都是一人所为。"哈伦,有线索吗?"

"到目前为止还没有,但我们得知华纳小姐出去吃午饭时把稿子落在了桌子上。实际上直到下午很晚她才把稿子拿去打印,这就给罪魁祸首提供了大量添进公式的机会。"

"但为什么呢?他出于什么目的呢?"汤姆困惑地说道。

"我只找出了一个原因,"艾姆斯答道,"我记得那个公式长而复杂,上面带有一串数学符号和希腊字母。"

"所以呢?"

"所以它可能太难记了。"艾姆斯继续说道,"因为员工在门口都要接受检查,写在纸上带出工厂又太冒险,所以他就这样把公式带出了企业集团,而且不会被抓到。"

"嗯,可能就是这么回事。"汤姆沉思道。

年轻的发明家非常不安,他知道《期刊》邮寄到一大群科学家手里。毋庸置疑的是,他们中间有内奸,而且在斯威夫特企业集团有帮凶。

"哈伦,继续调查此事。"汤姆说道,"并且确保关于太阳能装置的其他公式没有泄露出去。同时,你认为我们应该把

爸爸和泰德失踪的事告诉妈妈和斯普林夫人吗?"

艾姆斯仔细考虑着这个问题。"还没有进展吗?"他问道。

汤姆和他说了未署名的无线电消息,并补充说他不确信是太空上的人发来的。

"机长,既然这样,"艾姆斯说道,"我认为应该告诉你妈妈和桑迪,让你妈妈决定是否告诉斯普林夫人和雷真实情况。"

汤姆同意了他的计划,艾姆斯保证明早尽可能和缓地告诉她们这个消息,"现在不早了,我确信她已经睡了。"

在动身回前哨站之前,汤姆将所有能量集合器中的气体排空,折叠起来,放回飞船内备用。随后,其他人大多睡着后,他驾着挑战者号离开。

当这架大型太空飞船到达前哨站时,肯·霍顿穿过太空站的锁风通行道,一脸兴奋地迎接汤姆。

"机长,我们获取了一个微弱的紧急求救信号。"肯向他报告说,"它来自太空。"

汤姆的脉搏随着突如其来的希望而快速跳动。"你认为是爸爸和泰德发出的吗?"他紧张地问道。

"我也不知道,无线电广播员说还没能追踪到整条消息,信号就消失了,但听起来像只有一个人,因为他说'我被困在轨道了——'而不是'我们被困。'"

"他在什么位置？你定位了吗？"

"大概，"肯答道，"他大概在太平洋上方19300千米处，一个大约北纬20度，西经130度的地方，正行驶在东北方向的一条轨道上。"

询问了呼叫的时间后，汤姆命令机组人员再次立刻登上挑战者号进行搜救。有关被困太空人员的所有数据都反馈到了电脑上，这为飞船的航行仪器提供了适当的航线和速度。过了一会儿，这架银色的大型太空飞船向下前去拦截被弃飞船。

"机长，找到了！"雷达操作员通过对讲机呼叫道，"右转12度，高度为负5度！"

"在那儿！"过了一会儿，巴德透过驾驶窗指着大喊道。

一架小型火箭飞船在黑暗的太空巨洞中缓慢移动，尾部到机头部分依然呈半封闭状态悬在空中。

汤姆打开无线电广播开关，通过话筒说道："斯威夫特挑战者号飞船呼叫被困火箭！你能听到吗？"

"火箭收到挑战者号呼叫。"回复传来，"我能听到也能看到你，我飞船的第三节机身出了故障，我被困在轨道上了，你能把我带出去吗？"

"好。你是谁？"

"我叫塞尔温·乔斯。"那个飞船驾驶员答道，"今早我从马绍尔群岛中起飞的，目的地是月球——但我只能走这么远了。"

"你自己一个人起飞的吗?"汤姆难以置信地问道。

"当然,有何不可?这是一架单人飞船。"

汤姆和巴德惊讶地瞥了一眼对方。巴德的一只手指指向他的头,不停旋转着,仿佛在说:"这家伙一定是疯了!"

汤姆笑着用话筒再次说道:"好吧,乔斯,待在那里等待我们的救援,我们要进入你前方的轨道,用绳索把你的飞船拖出来。"

汤姆把飞船调到手控档,熟练地开到被弃飞船前方。过了一会儿,挑战者号的锁风通行道打开了。汤姆、巴德和两个机组人员出来,背着几圈轻便而坚韧的尼龙缆绳。

"把每条缆绳都连到我们的斥力装置上。"汤姆通过太空服上的无线电设备命令道,"把另一端连到火箭可投射到的任何地方,我们一路上可能得用缆绳拉着它的机动舱行驶。"

就在机组人员执行任务之时,另一个穿着太空服的身影出现。他就是火箭的驾驶员乔斯,从他的小型机舱内爬了出来。

"我能帮忙吗?"他通过无线电设备说道,"我——我之前从未进入过太空巨洞……哎哟!"

汤姆快速向上看去,见这个太空飞行员疯狂地摆动,然后抓住了飞船的锁风通行道。

"巴德,帮帮他!"汤姆大喊道,"他有太空眩晕症!"

巴德冲过去帮助那个驾驶员,乔斯显然是经历了可怕的太空眩晕。巴德帮他在其中一条缆绳上找到可抓握的地方，然后慢慢地带他回到了挑战者号的舱口。

几分钟过后，汤姆和机组人员连接好缆绳，回到了自己的飞船上。

"他怎么样？"汤姆再次进入机舱时问道。

"我现在还好。"乔斯无力地笑着说道，巴德和乔帮他脱掉了太空服，"我想我刚刚和太空眩晕症有了一次小小的接触，这是我第一次出现眩晕的感觉。"

"我想也是这样。"汤姆冷冰冰地说道，他心里在想这个人是不是在演戏，这个乔斯会不会是那个和爸爸以及泰德失踪有关的间谍？"你介意告诉我们你是打算怎样独立登月，再安全返回地球的吗？"

"也许这样做很鲁莽。"乔斯承认道，"但我没理由拿其他人的生命去冒险。"

被营救的火箭驾驶员三十多岁，长得很结实，一头稀疏的浅红色头发。他解释说他爸爸非常富有，是乔斯生产公司的老板。他和他的儿子希望通过月球火箭这一举动来提高知名度。

"如果为了知名度丢了性命，代价就太大了。"巴德说道。

"我想你说得对。"乔斯后悔地说道，"但开始的时候，我真的以为我能成功。"

汤姆进一步地质问他，最后断定他和爸爸以及泰德·斯普林的失踪毫无关联。另外，他也没有见过那两人或收到过任何

消息。

"我们会带你去我们的太空站并把你安全地送回地球。"汤姆保证道,"很抱歉不能很好地招待你,因为我们这里都是顶级机密。政府的指令,我想你能理解。"

"当然,当然,我明白。"乔斯回复道,"相信我,很感谢你们救了我一命,要不然我还不知道得在那轨道附近待上几百万年呢,会烦死的!"

汤姆从时间表上得知,两小时内会有航天火箭从费林岛前来,在他们回到前哨站不久后就到了。塞尔温·乔斯上了飞船,他的飞船被装进货舱。

"再次感谢,再见!"乔斯通过无线电设备呼叫道。

"一切顺利。"汤姆回复道。

飞船刚一起飞,汤姆就通过公司的专用频率联系上了费林岛的乔治·迪林,他下令乔斯一着陆就送他回内陆。"我想他没问题。"他补充道,"但出于安全考虑,还是让哈伦·艾姆斯跟在他后面核实为好。"

"收到!"迪林回复道。

就在汤姆正要关闭无线电设备时,另一个声音传了过来。"汤姆,过来救我们!我们在月球上!"

是泰德·斯普林的声音!

第十四章　月球搜救

汤姆和他的同伴们为之一颤！斯威夫特先生和泰德·斯普林在月球上！

每个人都继续专注地听着消息。"我们被一种无形的推动力射线从太空站拖走。"泰德继续说道，"汤姆，我不知道之后发生了什么，我和你爸爸都失去了知觉。"

斯威夫特先生的声音插进来："重要的是我们两个都在月球上，快来救我们！"

声音突然停止了。

汤姆攥着话筒。"爸爸！泰德！你们能听到吗？"他急切地呼叫道，"前哨站的汤姆呼叫！请回复！"

没有任何回应，最后汤姆放弃了呼叫。

"快点！"他对其他人说道，"我们这就启航！一定要把他们救出来！"

"伙计，我和你一起去！"巴德大声说道。

然而，亚弗·汉森抓住了汤姆的胳膊。"机长，等一会

第十四章 月球搜救

儿。"他恳求道,"那个呼叫可能是个骗局,如果你爸爸和泰德被某个敌人抓住了,他们是不会被无条件释放的。"

"你想说什么?"汤姆不耐烦地问道。

"如果我们现在马上动身去月球,可能就中了他们的圈套!"

乔担心地看着。"请大家吃点饼干吧,头儿,亚弗可能说得对。"厨师发表观点道,"太空上的那些人不可能简简单单地策划一场绑架,他们可能给我们设了圈套!"

"但爸爸和泰德的供氧怎么办?"汤姆反驳道,"如果他们确实被困在那里,氧气会耗尽的!"

亚弗涨红了脸,很是不安:"汤姆,我知道你现在的感受,但我们也要询问一下霍顿的想法,还有哈伦的。"

当肯·霍顿得知无线电消息后,建议汤姆等到斯威夫特和泰德再次呼叫后再做决断。当艾姆斯赶到企业集团后,也同意了他的建议。

"汤姆,那个呼叫在我看来充满疑点。"他说道,"为什么他们突然停下不再回复你的信号?另外,他们太空服上的无线电设备的音域足够把消息从月球传回来吗?"

"哈伦,我不确定,"汤姆沉思道,"这要视不同情况而定,但你说得也对,我想最好还是等等吧。"

年轻的发明家又恐惧又疑虑,很难控制住焦躁的情绪。汤姆下令将挑战者号立即装载好月球探险所需的供应和设备,以备不时之需。

"再检测一次你的太空太阳能装置如何？"巴德建议道，试图让这个想法占据朋友的思绪，"你还没有尝试把你制造的那些元素结合起来，还有生产食物。"

这个想法让汤姆跃跃欲试。"我要从一些简单的化合物着手。"他说道。

在挑战者号上吃过饭后，乔和辛普森医生两人将能量集合器卸下，把它们放到飞船外部，向管道内注入氦气，随后旁观人员涌入装有太阳能装置的机舱。汤姆打开电流开关，调节着控制器，他们在一旁入迷地看着。

"机长，首先生产什么呢？"医生问道。

"先试着生产糖。"汤姆决定道，"需要的是碳、氢气和氧气。"

他按下元素和同位素面板上的一些按钮，仔细地观察着光谱仪上的波形。几分钟过后，他关掉设备，一千克重的结晶糖出现在收集槽里。

"哇，我要成为疯狂的野马了！"乔喘息道，他难以置信地舀出一些闪闪发光的白色颗粒，"伙计，你确定这东西是糖吗？"

汤姆取一些用斯威夫特光谱仪检测了，然后笑着点了点头："尝尝吧。"

乔战战兢兢地照做，他那粗糙的古铜色脸上露出一个大大的微笑。"头儿,你真了不起!"他欢呼道,"设备生产出的杂货铺!这赶上郊狼肉片啦,简直难以置信!"

"乔,"汤姆说道,"给我拿几个勺子、碟子、一个碗和一个搅蛋器过来,好不好?"

厨师赶忙去拿,汤姆又开始生产简单的食物化合物。他生产出柠檬酸,很多类似于玉米油的食用油,一种类似胶状的蛋白质物质,最后是水。当乔拿着餐具回来后,汤姆将胶状物与水混合,加入了一些糖和柠檬酸,放在一边待其凝结。最后他把油、水和剩下的糖搅拌成生奶油状。

"给我们的柠檬胶锦上添花。"汤姆解释道,其他人都激动得说不出话。

混合物凝结后,汤姆给每个人盛了一盘。一时间他们都咂着嘴说这个混合物太好吃了。

"它也很有营养。"辛普森医生说道,"人可以长时间地靠它存活。"

"当然,为了换换口味,偶尔吃点里脊牛排和洋葱也不错。"巴德说道。

"给我点时间。"汤姆笑着说道,"我再进行些实验,可能就会生产出一些尝起来像牛肉的东西了。"

"我想养牛业暂时还安全。"乔说道,"但这东西确实比以前我们太空旅行时吃的干粮要好吃得多!"

"乔,你最好小心点,这台太阳能装置说不定会让你失业呢。"巴德戏谑道。

"伙计，一名好厨师是永远不会失业的。"乔沉着地反驳道。

"乔，你说得对！"汤姆笑着说，怜爱地拍了拍这位老西部人的后背。

在多番劝说后，汤姆终于肯躺下睡一会儿。他发现没有意识到自己这么疲惫，最后终于睡着了。但他的无线电设备似乎马上又把他吵醒，肯·霍顿从太空站呼叫。

"汤姆，我们刚才接到了你爸爸和泰德的再次呼叫！"

"我要和他们通话！"汤姆大喊道，从床铺上弹起。

"办不到。"肯回答道，"呼叫就像上次那样，斯威夫特先生和泰德只说了几句话后信号就断了。我们试图给你爸爸发信号，但他和泰德都没有回应。"

汤姆沮丧地叹了口气，说道："他们说什么了？"

"同样的话，他们在月球上，让你去救他们，还有就是，"肯补充道，"我们已经给他的信号定位，并确定信号是来自月球。"

"我知道这些就够了。"汤姆说道，"传令登机，解开能量集合器，还是以前的机组人员，再加上辛普森医生。"

每个人都迅速行动起来。强大的太空飞船即刻向月球快速驶去。在飞船行驶的过程中，汤姆下令让机组人员轮班——每人一次可获得一小时睡眠。

第十四章 月球搜救

随后，乔给大家上可可粉和三明治时，机舱内的对讲机嗡嗡作响。"机长，又接到了来自你爸爸的呼叫！"无线电人员报告道。

"有新消息吗？"汤姆紧张地问道。

"他说你可以在和上次登陆月球的同一地点找到他和泰德·斯普林。就是这些，然后就没了信号。"

"好的，马帝，谢谢你。"汤姆说道，"继续监测这个频率。"

"收到！"

巴德疑惑地瞥了年轻的驾驶员一眼："我想你爸爸指的登陆地点是有斥力装置的驴子。"

"驴子"是指小型飞行平台，还有个绰号叫飞行毯，是汤姆早前太空飞行时为他的月球交通工具发明的。每一块平台大约0.2平方米，斥力物质上方有由推动力射线固定的外壳。驾驶员通过一个小型手控匣驾驶飞船，该匣子位于一条1.8米电线的末端。

巴德问道："汤姆，你是否真的认为那是你爸爸发来的消息？"

汤姆不安地耸了耸肩："我不知道，巴德，我想不出爸爸和泰德都无法回复我们的理由，这讲不通。"

汤姆把斥力装置的油门踩到头，他们以彗星般的速度从太空巨洞穿过。大家都紧盯着视图面板，没人打破这种紧张的沉寂。

月球在他们面前若隐若现，发出幽灵般的白色光线。月球表面布满了陨石坑，随着崎岖的山脉起伏。而月球平原或"海洋"则看得到光滑的暗黑斑点。

挑战者号两个多小时以来都在月球表面上空30米的高度盘旋着。汤姆向哥白尼陨石坑驶去，那里是他上次登陆的地方。

"巴德，你来驾驶！"他命令道。

汤姆急忙调节飞船的强效望远镜，扫视着下面的地形。陨石坑中心发射出一条条浅色光线，里面巨大的石墙和碗状表面布满砂屑和碎石。

"看到什么了吗？"巴德问道。

汤姆摇了摇头："到目前为止还没有发现有最近登陆的痕迹，巴德，绕着它进行大范围行驶。"

陨石坑有五六十千米宽，有着极高清晰度的望远镜显示出其内部结构。然而汤姆没有在这片布满沙砾的废墟中发现任何移动的迹象或异常标记。

汤姆一脸失望地把望远镜递给亚弗·汉森，回到了驾驶舱。他飞得更低了些，并开始在陨石坑上方越来越大的范围内搜寻着。巨大的裂缝、崎岖的山脊和破损的石堆从他们下方掠过。

"机长，慢着！"亚弗大喊道，"回到我们刚才经过的那

片熔岩砂地。"

汤姆旋转斥力装置转向,随后缓慢地回到刚才的航线上。

"就在那儿!"亚弗大喊道,"汤姆,我想沙砾中有一架半埋的火箭!"

巴德驾驶着飞船在该处上方盘旋,汤姆又紧张又兴奋地透过望远镜凝视着。"亚弗,你说得对。"年轻的发明家简洁地说道,"巴德,想和我过去检查一下吗?"

"当然,亚弗,你来驾驶好吧?"

二人马上下到舱板,穿上太空服,带着两个斥力装置引擎穿过锁风通行道。他们通过飞船登陆平台行驶,向下俯冲。会在里面发现什么?汤姆紧张地想着。

飞行平台刚一落地,汤姆就跳了下来,跑到近前去检查那艘火箭。沙砾上方并没有舱口或可以打开的部分露出来。

汤姆急切地想知道火箭里是否有人,就用国际电码敲打出一条信息。他把耳朵紧贴在火箭外部,但是没有发现任何回应。

"巴德,我们必须弄清楚里面是否有人!"年轻的发明家着急地说道,"帮我把它翻过来!"

第十五章　半埋的火箭

二人兴奋地拖拽着火箭。但火箭埋得太深，很难移动。

"现在该怎么办？"巴德问道。

他和汤姆没有挖掘工具，感觉无计可施。

"我们用鞋把砂石踢开。"汤姆建议道。

两人一起用鞋刨着粗糙的熔岩砂石，最后，他们成功地把火箭翻了过来。

"这里有个人舱口。"汤姆说道，指着火箭外部紧紧密封的门。

"我们怎么打开它？"巴德问道。

"嗯，这是个问题。"

汤姆用手指摸索着舱口，直到找到一个能用上力的地方，舱门弹开了。汤姆和巴德看到里面的状况后大吃一惊，那里空无一人，却有大量的电子设备，包括磁带录音机和一台强效的无线电传播器。

"嗯，老天啊！"巴德大喊道，"这是什么意思？火箭是错误地在这登陆的吗？"

"不，它是故意被发送到这里的，它被设定了我们的特殊频率。"汤姆瞥了一眼刻度盘后坚定地说道。

"你是说它一直在给我们发出消息，让我们以为是你爸爸和泰德？"

汤姆点了点头："我猜是这样的，我们检查一下那些录音磁带。"

"天啊！汤姆，不要碰那东西！"巴德请求道，"这可能是一种警报器，它会告诉你的对手我们在这里！"

话还没说完，其中一台磁带录音机自动开启并开始运转起来，泰德·斯普林的声音响亮地从扬声器中传出。

"呼叫前哨站的汤姆·斯威夫特！我是泰德·斯普林，汤姆，前来营救我们，你爸爸和我被困在月球上了！"

斯威夫特先生的声音加了进来："孩子，快来，我们坚持不了多久了，我们在月球上的位置和上次你登陆的地方离得很近。"

广播结束时，汤姆和巴德惊讶地交换了个眼神。"巴德，答案来了。"年轻的发明家轻声说道，"依我说，爸爸和泰德从未在这附近，火箭被发送到月球就是为了引我们上钩！"

"那么亚弗说对了，"巴德大叫道，"我们中圈套了！"

汤姆后悔地承认说可能就是这样，也许随时会有人进攻。

"那么我们快走吧！"巴德催促道，"为什么还等着他们

第十五章 半埋的火箭

来抓我们呢?"他要起身离开。

汤姆透过透明的圆形头盔皱眉苦笑道:"伙计,放轻松点,如果他们已经发现了我们,试图溜走已经无济于事了。既然我们来了,就尽可能地找找看吧。"

"例如?"巴德问道,依然觉得他们应该马上离开。

"你过去看看能否在火箭上找到一些可以提供给我们线索的有关发射者的标记。"汤姆答道,"我想去检查一下这些录音带,我有预感,发送频率是每四小时一次。"

二人就像在处理一颗定时炸弹,紧张地进行着检查。

"真不走运。"几分钟过后,巴德报告道,"我检查了每一寸外壳和机动部分,都像新的一样。"

"我有发现,"汤姆说道,"这些磁带是被拼接起来的。"

"拼接的?"巴德疑惑地说道,"你是说——"

"我是说这些消息都是假的!它们是从完全不同的对话中拼凑起来的。"

"哦,现在我明白了!"巴德大叫道,"他们引你爸爸和泰德聊了好几个小时,把他们说的每一个字都录了下来,然后他们在这儿剪切一下,在那儿剪切一下,再把它们拼接成新磁带。"

"正是如此,所以当拼接好的磁带被重放时,听起来就像是在呼救。"

巴德愤怒地皱着眉。"手段真卑鄙！伙计，我一定要亲手收拾那些家伙！"

"我也和你一样迫不及待，那就能找到爸爸和泰德了，嗯，也许真能找到。"汤姆若有所思地小声说道。

"怎么做？"巴德问道。

"你敢和我再探索一下吗？"

"当然，但我们要找什么呢？"巴德问道。

"敌人驻扎地的标志。"汤姆答道，"如果他们在等挑战者号登陆，会在特定的距离内设定据点，如果我们能找到，就可以扑向他们——至少他们不能偷袭我们。"

巴德马上同意道："伙计，你说的有道理！"

两人匆忙赶回，在开始侦查之前，从飞船供应处把他们的氧气罐再次充满。当机组人员得知汤姆的发现时都很震惊，他们对其继续搜查一事各持己见。

"我知道你的感受。"亚弗说道，"你这么做有一部分是出于保护我们。但看在老天的份上，一定要当心啊。"

乔一想到这个危险的任务就非常紧张。"我的小行星啊，头儿，你是在自找麻烦。"厨师抗议道，"汤姆，别去做——太危险了！那些卑鄙小人可能正设好了圈套等你去跳呢！"

"乔，别担心。"汤姆一只手放在厨师的肩膀上，"我们尽量不随意冒险，但我们必须找到爸爸和泰德！"

乔不安地摇了摇头："汤姆，我还是觉得你是在做错事。"

第十五章 半埋的火箭

二人不顾这个厨师的反对,再次穿上太空服,登上斥力装置飞行平台上出发了。

"我们走那儿的侧山脉。"汤姆指着左侧建议道,"这些山脉看起来好像能提供一些不错的藏身之处,我们的敌人可能就潜伏其中。"

"好的。"

二人从月球的风景掠过,于地面15米之上行驶着。在阳光的照射下,岩石、峭壁和峡谷一一镌刻在那里。地形大多呈灰、棕、锈三色。

"我们右侧还有一个陨石坑。"巴德指出道,"想开到那里去看看吗?"

就在那时,他们的飞行平台向一条深深的裂缝驶去。

"当然,不妨去看看。"汤姆回应道,"张大眼睛注意看——"

斥力装置突然倾斜,他的话变成一声惊叫,巴德也随之叫了起来。接下来的一瞬间,两人从飞行平台上跌落,径直坠入深渊!

第十六章　受困深渊

"巴德，快使用你的喷气式激光发射器！"汤姆通过他的无线电设备紧急呼喊道。

两人在向下跌落的过程中不断开启着他们太空服上的激光器。爆裂多少减缓了他们下坠，但是电力不足以使其悬在半空。

"没有用。"巴德绝望地想着。

两个男孩的身体不断旋转，陷入裂缝之中，东倒西歪地倾斜着，又被向下撞去。在巨大冲击力的作用下，他们掉到了裂缝的最底部！

很长一段时间，汤姆和巴德一动不动地躺在那里。幸运的是，月球的重力小，这极大地减小了下降的力量。密封的太空服和坚硬的塑料头盔也保护他们免受划伤和瘀伤。

现在汤姆恢复了力气，重新站了起来。"哇！"他头晕眼花地喘息道。

除了上方一丝微弱的星光，狭窄的裂缝里一片漆黑，汤

姆打开太空服上的电筒,黄色的光线照到了卧倒在几米外的巴德。

"巴德!"汤姆叫道,摸索着向他的同伴走去,"巴德,你还好吗?"

副驾驶员没有回答,但身体痛苦地晃动着,汤姆帮他站了起来。汤姆透过巴德透明的头盔可以看到他的嘴唇在动,但没有声音打破那恐怖的静谧。汤姆沮丧地意识到他们的无线电设备可能在坠落的过程中损坏了!

巴德也打开了他太空服上的电筒,两个男孩无助地盯着对方看。

"如果我们会读唇术就好了!"汤姆想着。

他盯着裂缝旁的两面垂直墙体看,巴德的眼睛也追随着他的目光。随后汤姆向上指着,做出想要攀爬的动作,巴德点头回应。他们两人在崎岖的岩石表面抓住一个扶手,开始向上爬去。

"我们要像两只人形苍蝇一样往上爬!"巴德绝望地对自己喃喃自语道。

两人痛苦地缓慢行进着,但很快,笨重的太空服显然使其攀登无望。他们的手脚一次次地在凸出的岩石上寻找支点,却一次次滑落,或在压力的作用下扑了空。当他们向上攀爬了一段距离后,两人都筋疲力尽,全身肌肉酸痛。

最后,汤姆把他太空服上的电筒向巴德的方向照去,他的

朋友无助地摇了摇头。他们疲倦地抱怨着，放弃了尝试，滑回到裂缝的底部。

两人跌落下去，大口喘着气，脑中闪过同样的想法。"要是我们能脱掉太空服就好了！"然而这么做就意味着我们会在月球太空巨洞环境下猝死。

与此同时，挑战者号上的乔从汤姆和巴德离开以来就一直担心着。"我想我应该去找他们！"他对伯特·艾弗雷特说。

"乔，放轻松点，他们不会出什么事的。"伯特回应道。

"我不敢确定。"乔说道，"他们是不是落到了绑匪手中？亚弗说他无法透过舱室窗看到他们！用无线电设备也联系不到他们。"

"那又能怎样呢？机长和巴德能照顾好自己。"

"如果我能看到他们才能安心一点，或者至少听到他们的声音。"乔坚称道。

伯特最后同意与乔一同前往。在从飞船的登陆平台发动斥力装置飞行平台后，乔和伯特顺着山脉的方向驶去，那里是汤姆之前想要探索的地方。

突然间，厨师吓得倒吸了一口气："嘿，伙计！快看前方地面上的那条裂缝！那两个闪亮的小东西是飞行平台吗？"

伯特侦查着下方的物体："乔，你说得对！但是那两个人怎么了？"

"让我前去查明！"乔宣称道。

"小心点。"伯特警告道,"我认为他们可能被吸进了地上那个洞里,我们站在这一侧。"

两人向下驶向废弃的飞行平台附近,快速赶到裂缝的边缘处,向漆黑的裂缝中看过去。因为月球缺少大气,声音无法传到下面被困的两人那里。

"汤姆!巴德!"乔通过无线电设备呼叫道,"下面有人吗?"

没有回应。

伯特抓住厨师的胳膊指着:"嘿!那里是不是有一道光线?"一道虚弱的光线从岩石地表上方穿过,这条太阳反射出的光线几乎难以识别。

就在说话间,光线消失了。此时,汤姆决定关闭太空服上的电筒来节约电量。

"我不确定是否看到了些什么。"乔回应道,"但我想我们最好别错过任何机会,汤姆和巴德一定在这下面。伯特,否则这两架飞行平台不可能落在这附近。"

伯特点了点头:"问题是我们怎么救他们出来?我真的不想从那个垂直的深渊爬下去。"

"如果汤姆和巴德真掉进那里,他们的头盔可能已经摔碎了。"乔沉重地说道。

伯特转念一想,脸变得惨白:"天啊!如果他们的氧气外泄就完蛋了!"

乔非常担心两人的安危,绞尽脑汁地想着营救的方法:"伯特,我们要做的是马上把汤姆物质生成器拿来并向底下输送氧气!"

"乔,那样做没用。"伯特反对道,"氧气只会从裂缝的顶部流出去!"

"伙计,别站在这儿吵了!"厨师反驳道,"也许亚弗能找到方法将其实现呢!"

乔和伯特登上飞行平台后,加速向飞船驶去。亚弗·汉森听他们讲完来龙去脉,立刻推断出汤姆和巴德无法穿着笨重的太空服从下面爬上来。

"我们得想想办法,他们才能把太空服脱掉。"他说道。

"但是怎么做?"伯特问道。

亚弗建议用一个巨大的圆顶将整个裂缝封住,这些圆顶与汤姆用来建设海底氦气城市的那些相似,是为了在月球上建立营地带来的。

"伯特,把所有的飞行平台都移到登陆平台上去!"亚弗命令道,"我们得把太阳能装置拆卸后分片运送,我们至少还需要三台能量集合器!"

亚弗按下了隔板上的对讲机按钮,通过扬声器下达命令。他仔细地吩咐两名机组人员,让他们留下驾驶挑战者号。辛普森医生一直在给一名突然生病的机组人员治疗,也得留下来进行必要的注射,其他人都被命令立即加入营救小组。

亚弗快速地操作，不久就把太阳能装置在裂缝边缘处安装好。两个圆顶被分别安装起来用以覆盖整条裂缝，其中一个把设备围了起来。

大家忙着安装的时候，乔高兴地大叫道："我的草原充满阳光啊，那边出现了一道光！现在我确信能看到它！"

一些机组人员跑过来看着。亚弗挥动手臂发出信号，惊喜地发现那些断断续续发出的光线是汤姆发出的光线电码"安好"。

"他们安全！"乔大喊道，机组人员也欢呼起来。

期间，伯特和其他两名机组人员在将巨大的能量集合器金属板展开时遇到了困难。汤姆和巴德在地下的月球监牢中只能带着焦躁的无助等待着困难消除。最后，设备安装完成，太阳能装置投入使用。

光线从斯威夫特先生的一台巨人探照灯中发出，来源于能量集合器的气流涌入裂缝之中。过了一会儿，物质生成器开始涌出氧气和氮气。

汤姆检查着太空服上的大气仪表值，压力恢复正常时，他向巴德示意。两人带着一丝喜悦的宽慰摘掉了头盔，脱去了太空服。

"伙计，现在看着我爬上那堵墙！"巴德呼喊道。

汤姆咯咯地笑了："这对像你我这样的太空飞人来说不算什么！"

两个男孩没有等待进一步援助，开始从裂缝的一侧向上攀爬。吊索放下来时，他们已经爬到了一半。汤姆和巴德两人安然无恙地躺在布满灰尘的地表上，一边喘着粗气，一边向他们的营救人员道谢庆贺。

"天才小子，现在给我们解释一件事，"巴德请求道，"在我们坠落之前斥力装置发生了什么？"

"我有预感那个裂缝周围的区域满是氢气化合物。"汤姆解释道，"是在我们上次月球之旅时发现的，我们的驴子无法对其进行防御。"

巴德咯咯地笑了："说到这些发狂的驴子！它们真是帮了我们大忙！"

两个男孩穿上从飞船带来的另外两套太空服，跟随机组人员从充气帐篷中出来。

"在我们回去之前，"汤姆建议道，"我还想进行进一步的调查。"他解释了关于敌人在附近驻扎的推论。

"哦，伙计，这次你可不能单独行动了。"乔坚定地说道，"我们都要去！"

一群人登上飞行平台后起飞，在裂缝周围绕了一大圈后向山的方向驶去。

一个小时以来，他们在峡谷峭壁中搜寻着，没搜到什么。最后，汤姆想还是回到挑战者号上为好。

在他们向之前飞船停留的地点飞行时，月球平原在强烈的阳光照射下显得凄凉空旷。起初，汤姆还以为他们飞错了方向。随后，在环视了一圈后，他意识到了真相。

"我们的飞船不见了！"汤姆大喊道。

第十七章　意外的火箭

一行人绝望地凝视着周围，有种惊人的寂静。挑战者号也被敌人截获了吗？

"汤姆，那些绑匪可能把你爸爸带到过这里，然后威胁杀死他，强迫他把飞船开走！"巴德提示道。

"有可能。"汤姆严肃地承认道，接着反应过来，这与他对敌人在附近驻扎的猜测不谋而合。

"你是说我们被困在这里了？"伯特·艾弗雷特倒吸了一口气说道。

"不要担心，情况还没那么糟。"汤姆从飞行平台的高度指着可见的发着微光的塑料圆顶，"我们用充气帐篷和太阳能装置一样可以坚持下去。"

"但我没有厨灶了！"乔抱怨道，"头儿，你上次做的胶状物当作甜点吃起来还不错，但如果一直吃下去的话，我确信我不会喜欢的！"

巴德看到这个超重厨师脸上忧虑的神情后咯咯地笑道：

"乔，这正是你需要的饮食！老前辈，振作点！可能在你瘦得不成样子之前，就有人来营救我们了！"

"要是有那么一天就好了。"亚弗故作严肃地说道，凝视着乔太空服上那块凸出来的地方。

为了让大家忙起来，汤姆提议将物质生成器从那条裂缝旁移走。他们飞到那里，降落下来，进入了装有设备的帐篷。

"我们得把太阳能装置拆开才能移动。"汤姆指出道，"伙计们，脱掉太空服。"

在他们脱掉了太空服，摘掉头盔后，汤姆下令让每个人把氧气罐再充满。随后，大家拿着扳手和其他工具开始拆卸这台沉重的设备。当工作完成后，他们再次穿上太空服，一片一片地将太阳能装置移动到几百米以外的地方。

"不妨把另一个帐篷留在这。"汤姆决定道，"我们只需要一个。"

年轻的发明家监督着设备重装和帐篷移动的工作。随后，在能量集合器装好以后，汤姆打开电力开关，设备开始输出百分之十九的氧气、百分之八十的氮气，以及百分之一的其他气体。不久后，帐篷内就充满了可供生存的大气。

"好了。"汤姆在扫了一眼检测压力的大气仪表后说道，"伙计们，别紧张了，这回脱掉太空服吧。"

但两个机组人员又出去检查了一遍帐篷，其他人或在座位上休息，或者舒服地躺着。伯特·艾弗雷特对汤姆提议用大功

率的无线电设备尝试联系挑战者号,之前他们太空服上用的设备电力都太小。

汤姆若有所思地皱眉道:"伯特,我们还是等等吧。如果辛普森医生和其他人都安全,应该很快就能从他们那里得到消息。另一方面,如果我们的敌人已经捕获了挑战者号,现在呼叫可能会给他们提供设圈套或窃取有用信息的机会。"

亚弗点了点头:"机长,我同意,如果绑匪在挑战者号上面,可能会回假消息的。"

"我不知道你们其他人想要什么,"巴德说道,"但我想来一杯水,汤姆,用你物质生成器尝试一下如何?"

"伙计,当然了。"

汤姆调节了元素和同位素控制旋钮,设备立刻生产出稳定流量的水,大家都排队等着喝水。

"伙计,尝起来还不错!"巴德说道,擦了擦嘴,"那么,接下来做什么呢?"

"外出进行另一场调查。"汤姆说着套上了太空服。"附近可能有一些我们错过的线索。"

大家刚从帐篷里走出来时,巴德喊道:"汤姆!快看!"他指着天空说道。

一枚银色的火箭向他们驶来,看起来直指着帐篷!

机组人员意识到没时间避开这枚火箭,都警觉而惶恐地僵在原地。紧接着,它放慢速度,慢慢地在旁边停了下来。

"真惊险！"乔颤抖地说道，"要是这东西爆炸了怎么办？"

另一名机组人员吓得发抖，马上穿上了太空服。"我们离开这儿吧！"他催促道。

其他人穿上太空服急忙地从帐篷里赶出来，在冲到一段安全的距离后，停在那里等着爆炸。

时间一分一分地过去。半小时后还是什么也没发生，汤姆认为可以安全地检查这枚火箭了。"里面可能有给我们的消息。"他对同伴们说道。

"你认为安全？"亚弗将信将疑地说道。

汤姆点了点头："我相信它要么安全了，要么之前就爆炸了。但等我确定一下，你们再过来。"

其他人焦虑地看着汤姆向那个闪闪发光的物体走去。它和装有磁带录音机的那艘火箭是同一型号。

汤姆打开火箭的装货舱口，向里面看去。他面色变得苍白，伙伴们听到一声惊呼从他的无线电设备传来。

"是泰德·斯普林！"他呼叫道，"但是——"

巴德、亚弗、乔和其他机组人员冲上前去。看到泰德一动不动地躺在火箭里面，他们的脸色变得苍白，泰德穿戴着太空服和头盔。

"他——他是死了吗？"巴德惊恐地小声说道。

"我不知道，帮我把他抬出来。"汤姆难过地说道。

大家尽可能轻地把泰德从火箭中抬出来，带到了帐篷里。他们在那里急忙地脱去了他的太空服和头盔，汤姆也卸下了自己沉重的太空装备，听着泰德的心跳。

"谢天谢地！他还活着！"汤姆宣布道。

年轻的发明家立刻用他的太阳能装置生产出一些水。他开始给泰德洗脸，旁边的人也给这名驾驶员擦拭着手腕，但这名伤员并没有苏醒的迹象。

"用用我的氧气罩吧，他怎么了？"乔喃喃自语道。

汤姆无助地耸了耸肩，深陷在绝望之中："乔，我不敢想，最糟糕的是，我们没办法救他——用急救箱也没用！要是医生在这就好了！"

"但是绑匪为什么在这种情况下把他给我们送回来呢？"巴德疑惑地说道，"为了吓得我们放弃追踪？"

汤姆同样疑惑地答道："伯特，我也不知道答案。"

巴德满脸愁容地攥着拳头："如果泰德死了，我也不会让那些小人好过！"

"等一下，"亚弗·汉森补充道，"他们也许是把信息和他一起送回来的，我们搜搜他的衣服！"

他们翻遍了泰德的口袋，但什么都没找到。巴德和伯特匆忙地赶到外面去检查火箭里是否有线索，他们回来报告说毫无发现。

时间一分一分地过去，而泰德的情况没有任何进展，大家悲伤和绝望的情绪不断加剧。月球上没有大气和云朵为他们遮挡，剧烈刺眼的阳光迅速使帐篷内的空气热得让人窒息。

"我们应该再换个地方。"汤姆决定道，"我们可以在山中找到一个可以遮阴的地方。"

亚弗和巴德在飞行平台上围绕深渊飞行，做了一个简单的侦查。他们带着消息回来，说发现了一个足够大能容纳帐篷的浅洞穴。

"好的，"汤姆说道，"伙计们，我们开忙吧！"

酷热当头，机组人员情绪低落地再次把太阳能装置和能量集合器拆卸下来，这期间他们汗滴如注。幸运的是，他们穿好太空服从帐篷出来后，衣服上的空调装置让他们欣慰不少。

泰德先被带到了洞穴，巴德以工程师特有的惰性方式驾驶着飞行平台。其他人把设备装载到平台上，运送到新地点。能量集合器和帐篷本身移动起来难度更大，但终于移动成功，安装就位。

帐篷有了太阳能装置，充满了可供生存的空气。汤姆巧妙地调节了物质生成器的凝结系统，这样就能够把空气加热到令人舒适的温度，机组人员疲惫地脱下太空服放松起来。随后汤姆做了几样便饭，乔在他的基础上将其调制成美味的菜肴。

"老前辈，还不错。"巴德赞赏道，每个人都满怀食欲地享用着，"我的胃告诉我这几乎和牛排一样美味！"

乔笑了笑，很高兴受到赞美，但补充道："别谢我，谢谢

汤姆吧，如果没有他的装置，我们连吃的都没有！"

经过紧张的活动后，大家都很快睡着了，最后只剩汤姆还没睡。年轻的发明家饱受忧虑的折磨，不仅是因为泰德和他爸爸，也为整个机组人员的安全。

"也许现在我应该试着呼叫一下挑战者号。"汤姆决定完，打开太空服的无线电设备，对着话筒说道："汤姆呼叫挑战者号！……汤姆呼叫挑战者号！……请回答！"

他不断地尝试，没有任何回应。半小时过后，汤姆放弃了，关闭了设备，他闷闷不乐地向洞穴外面望去。过了一会儿，他大口地喘着气。一架闪闪发光的盒状飞船穿过天空进入他的视线！

"挑战者号！"汤姆大喊道。他忙乱着穿上太空服，从帐篷里起身冲到洞穴外面。

汤姆激动地挥舞着双臂，希望能引起注意。与此同此，他用话筒多次发出信号。巴德和其他人被他的叫喊声唤醒后也加入其中。那时，只见那架飞船从高耸的山峰之上驶过，驶离了视线范围。

"它消——消——消失了！"乔沉闷地哀号道。

同样可怕的想法从每个人的脑中闪过，他们是否错过了唯一一次被营救的机会？而且，挑战者号现在是否处于神秘敌人的掌控之中，而敌人任由他们自生自灭？

第十八章　奇妙的捕获

当看到同伴们阴郁着的脸时，汤姆沮丧地托着下巴，努力让自己看起来不那么绝望。"我们不要轻易下结论，"他说道，"也许——"

话说到一半，一个新想法让他突然打住。"等一下！"汤姆大喊道，"飞船出现前我曾给它发过无线电信号，会不会是我的电池耗尽，信号没有发出去。巴德，试试你的设备！"

巴德急忙发射："巴德·巴克利呼叫挑战者号！能听见吗？……巴克利呼叫挑战者号！请回复。"

"挑战者号呼叫巴克利！你们在哪儿？"是飞船正规无线电操作员的声音！

这一小群滞留的探险者们听到回复一阵狂喜，蹦起来相互拥抱。巴德答道："马帝，你刚刚从我们身边飞过！我们在山的另一边！你回来很容易就能找到我们！"

无线电广播员解释说飞船上一切正常，之前没有人强行登机，也没有被迫驶离。当其他人正在营救汤姆和巴德时，飞船

第十八章 奇妙的捕获

上的人听到无线电设备中传来奇怪的术语,而且雷达屏幕上出现一个光点。辛普森医生警觉地命令一名机组人员将挑战者号开到被攻击范围之外。

"应该很庆幸你这么做了。"巴德说道,"我们把飞行平台飞到飞船那儿去。"

挑战者号过来迎接他们,汤姆和同伴们安全地登上了飞船。他们带着仍然昏迷的泰德·斯普林。

"天啊!你们在哪儿找到他的?"他们脱去泰德的头盔和太空服时,辛普森医生惊呼道。泰德一脸苍白,呼吸微弱,同伴们把他轻轻地放在了床铺上。

汤姆讲述了第二艘火箭的着陆,以及他们如何在里面找到泰德的。"辛普森医生,你一定要救救他。"汤姆乞求道。

"我会尽最大努力的。"医生沉重地承诺道。

年轻的医生诊治这名昏迷不醒的病人时,汤姆再次出去监督太阳能装置的转化和挑战者号上面的能量集合器。当他回到飞船休息室时,泰德正在虚弱地挪动着身体,气色看起来好些了。

"我想他服用了过度剂量的招供剂。"辛普森医生解释道。

"为什么会这样?"汤姆不解地皱着眉头问道。

"你还记得我给泰德、你爸爸,还有你和巴德注射过抗招供剂吗?"辛普森医生说道,汤姆点了点头,"嗯,我怀疑绑匪想让泰德开口，但是发现他对他们的招供药物免疫，当他拒绝泄露任何秘密时，他们可能增大了药量直至他昏迷。"

汤姆吓坏了，紧张地低声问道："你能把他救醒吗？"

"会的，他已经有反应了。"辛普森医生答道，"幸运的是，他没有服用致命的剂量，但是让药物作用从他体内排出可能还需要一段时间。"

汤姆仍对绑匪将泰德送回朋友身边感到不解。这对他们而言仅仅是处理掉一名无用的俘虏？或这只是他们邪恶阴谋的一部分？鉴于敌人的残酷手段，汤姆认为后者更有可能。

突然，亚弗·汉森的声音从扬声器中传来："汤姆，我们在安装这些能量集合器的过程中遇到了困难！"

汤姆急忙赶往舱板，穿上太空服后从锁风通行道出来。"怎么了？"他通过太空服上的无线电设备呼叫道。

亚弗解释说当集合器从洞穴处被移回挑战者号时，其中一些电池板的电线松动了。尽管汤姆带着沉重的太空服护手很难操作，他还是检查了电线，成功地将其重新连接起来。

"嘿！"一直在旁观看操作的巴德惊叫道，"是冰雹还是我晕飞船？"

一大片颗粒物毫无先兆地从天空而降！

汤姆好奇地接住了几颗进行检查，物体呈结晶状，由钢铁灰到紫黑，颜色各异。"看起来像碘。"他喃喃自语道。

接下来的一刻，汤姆惊慌地喘息着。"天啊！"他惊叫

第十八章 奇妙的捕获

道,"我才意识到它会破坏集合器管道的铝箔!"

"机长,让你说中了!"亚弗惊呼道,"快去看看!"

箔片上许多地方已经出现了洞,而且管道随着氦气的泄出开始移动。

"我们该怎么办?"巴德简短地问道,转向汤姆等着他下命令。

汤姆到处看了看。这场奇怪的"阵雨"只影响了两台能量集合器。

"马上修理,"他答道,"伙计,快回飞船去拿一些托马塞特塑料来把洞补上!快点,全靠你了!碘可能对太空服也有破坏作用!"

机组人员无须重复提醒,他们快速地冲回飞船,在舱板上等着漏洞补好,汤姆和巴德加入了他们。

"幸好你爸爸发明了这种塑料。"巴德评价道。

汤姆点了点头。"它能很好地与辐射以及电磁感应绝缘,并能防止大多数已知的化学物品渗入。"

漏洞刚一补好,每人就被分发了一些黏结胶泥。随后,他们赶到外面,赶快开始修复损坏的地方。

"快点!"汤姆通过太空服上的无线电设备催促道,"留意你们的太空服,如果上面破洞了,涂上胶泥然后赶快回到飞船上来!"

工作在几分钟之内完成了。管道的最后一个漏洞还没补

好，碘雨已经停了下来。

"哇！"巴德喘息道，"真高兴雨停了，机长，你认为那些东西从哪来？我们敌人的另一场计谋？"

汤姆全然迷惑地摇了摇头："伙计，你把我问住了。"

汤姆回到挑战者号上，打开氦气槽的活塞，向管道内输送了更多的气体来弥补之前的泄露。随后，他坐升降梯去实验室，用斯威夫特光谱仪核对了其中一些晶体。正如他所猜测的，那就是碘。

"等我有机会一定更仔细地分析一下。"他自言自语道。

就在这时，对讲机传来消息，叫年轻的发明家去飞船的休息室。"泰德刚刚恢复了知觉。"辛普森医生说道，"他可以告诉我们之前发生了什么事了。"

"我马上就来！"汤姆激动地回复道。

汤姆进来时，病人在床上坐着，喝完了一碗热汤。"嗨，机长！"他愉快地说道。

汤姆热情地和他握手。"泰德，你不知道我看到你安然无恙有多么开心！"他大声地说道，"你确定可以讲话吗？"

"当然！"泰德坚定地说道，"我越快告诉你一切，我们就能越快地营救你爸爸！"

汤姆的脉搏满怀希望地跳动着："泰德，讲吧！"

"嗯，你爸爸和我那时正在太空站外面工作，"泰德开始说道，"就是出事时，我们刚调节完电极，聊着宇宙尘埃实验的事。突然间，我们发现正在从前哨站被往外面拉，显然是某种推动力射线所为，而我们的喷气式激光发射器无法与之抗衡。我们试着呼救，但无法通过无线电设备收到任何回复。"

"那很容易解释，"汤姆说道，"推动力射线可能造成了干扰。"

泰德继续说他和斯威夫特先生最终还是被抓走，上了一个离前哨站很远的飞船。"那里只有三个人驾驶飞船。"泰德补充道，"但他们用射线枪对着我们，直到把我们带上飞船又绑了双手。"

"A国人？"汤姆问道。

泰德摇了摇头："我不确定他们是哪里人，但他们看起来像J国人，说话带着浓厚的口音。总之，他们进入了太空站上方数千米处的某个轨道。"

"但我们每个地方都找遍了。"汤姆说道。

泰德笑了："汤姆，那些家伙都聪明得很，故意让一架飞船在你们前方行驶。"

"继续讲后面的事。"汤姆迫切地要求道。

"后来，另外两个人从另一架飞船上来，试图让你爸爸和我开口。"泰德说道，"他们想追查你太阳能装置的秘密。"

泰德解释说抓他的人把他误认为汤姆，得知抓错了人后勃然大怒。

正如辛普森医生怀疑的那样，当两个A国人拒绝开口，那

些不法分子就一直给他们注射招供剂。

"过了一会儿我就失去了知觉。"泰德收尾道,"我只能记到这里了。"

"那我爸爸呢?"

泰德悲伤地耸了耸肩:"汤姆,很抱歉,但我真的不知道,我知道的只有这些了,在我迷乱和失去知觉之前他应该还好。机长,振奋点!我确信我们能找到他们的火箭,因为我知道它现在在哪行驶!"

"怎么说?"汤姆急切地问道,"他们泄露了位置吗?"

"不完全是,"泰德答道,"但从他们说的来看,我确信他们会计划在同一轨道停留。他们好像是在其政府不知情的情况下策划了整场对付你的阴谋。所以只要有一个我们的人在里面,他们就不敢轻易着陆。他们的目的是要获悉你物质生成器的计划,然后将其谎称为他们自己的发明。"

"但那样如何帮我们找到他们的位置呢?"汤姆忧虑地问道。

"我正要说呢,"泰德说道,"我们上了飞船后又过了一会儿,他们拿走了我们的表,但没想到他们定时供饭,这样我们就能很好地计算过了多长时间。"

汤姆点了点头:"然后呢?"

"你爸爸和我偶尔能从在地球上捕捉到的光线来辨别飞船

进入轨道的用时，我们发现每隔两天半都会经过地球上的同一个地点。"

汤姆摩拳擦掌："泰德，干得好！这条线索能够确定他们所在轨道的高度！飞船一准备好我们就出发！"

第十九章　休战之旗

汤姆向墙上的面板冲去,按下发出全体警报的按钮,在他的生命中从来没有这么激动过。

"大家请注意!"他通过对讲机大声喊道,"泰德刚刚告诉我,我爸爸被扣留在敌人的火箭上,我们要尽力将其拦截,挑战者号一准备好,我们就出发!亚弗,你收到了吗?"

"机长,收到。"他回复道。

"好,检查一下太阳能装置、能量集合器,再看看飞船斥力装置的状态,一切都必须处于最好的运行状态。把所有人都召集过来,确保每个人都登上飞船,准备好以后向我报告。"

"收到!"亚弗回复道。

匆匆返回泰德·斯普林床铺的途中,汤姆进行了一些快速的计算。他知道,通过为期两天半绕地球行驶的观测时间可以判定敌人飞船比我们行星高出的距离,因为飞船的运行速度随高度而变。

"泰德,你在地球上取的参照物是什么,还有你第一次看见它是在什么时候？"汤姆问道。

"是非洲西部一角。"泰德答道，"在我们被抓以后，第一次经过那里大约是在早上七点，那时好像在向东南方的东侧移动。"

"好！剩下的我用电脑来计算！"

汤姆快速赶往飞船的电脑间，把刚才泰德告诉他的数据输进去，他还加入了自首次观察以来六小时的运行时间和经过的时间。一眨眼的工夫，电脑上的导航器显示出敌方飞船此时所处的经纬度，还有它与地球的距离大约为96560千米。

汤姆满意地笑了，随后点开开关，按下一个"记忆"按钮。现在，电脑可以保存信息，继续计算挑战者号起飞后飞船的移动方位。

"我还是看看亚弗那边怎么样了。"汤姆急忙走出机舱时自语道。

坐升降梯下去的时候，他又萌生了一个新想法。他急忙在机库舱穿上太空服，穿过锁风通行道，在外面的飞行平台上与巴德会面。

"机长，你去哪？"巴德通过太空服上的无线电设备问道。

"巴德，你和伯特在载泰德的那艘火箭里寻找信息时，你搜索得全面吗？"汤姆问道。

"嗯，当然……至少，我认为很全面。"巴德答道，"怎

么了?"

"因为我有预感那艘火箭上的某个地方一定有信息。"汤姆断言道,"否则,绑匪为何费力把泰德送回来呢?我怀疑那些家伙没那么好心!"

"他们当然没那么好心!"巴德同意道,"好的,我们再检查一遍。"

两个男孩登上飞行平台,向那艘火箭先前所在的地方驶去。

他们在火箭后方降落,汤姆说:"巴德,你去检查外面,确定上面有没有划痕或金属上有没有印记,我去里面看看。"

好几分钟过去了,两个男孩检查着那艘火箭的每一处。汤姆快要放弃了,又决定去装载舱前方的裂缝处看一看。这一次,他发出了胜利的呼喊。

"巴德,我找到了!"年轻的发明家举着一个小塑料盒,里面装着一卷纸。大家都忙着把泰德抬出来时,一定把它从舱门的上面碰掉了。汤姆将其打开,读着消息:

小汤姆·斯威夫特,如果你想让爸爸安全返还,就遵守这些命令。将你们完整的计划、绘图和关于你物质生成器的计算放在这艘火箭里。你和你的机组人员随后必须马上离开月球,回到你们的太空前哨站去。我们一拿到计划,就会用火箭将你爸爸送回。如果你不照做,就再也无法在你爸爸活着的时候见到他!

这条消息没有署名。汤姆的眼睛有些湿润，一时间闭口不言。但巴德愤怒地哼道："这些狡猾的太空小人！汤姆，你不会向他们屈服的，对吗？"

"当然不会，爸爸也不会希望我那么做。"汤姆沉重地回应道，"走吧，我们回飞船上去！我要在脑袋炸了之前出发！"

在飞往挑战者号的途中，汤姆用无线电设备和亚弗·汉森核实，得知飞船准备就绪，机组人员也已经就位。汤姆刚一到达，就简要地将赎贴之事告诉了他，随后和巴德迅速赶往机舱。过了一会儿，这架强大的太空巡游飞船从月球起飞。

"一路上都自动驾驶？"挑战者号穿过太空巨洞时巴德问道。

汤姆点了点头："电脑会把我们带到拦截地点，应该会在印度洋上方某处看到他们的行驶轨迹。"

几小时过去了。随着拦截时间的不断接近，汤姆通过对讲机下达命令，迈克专注地观察着雷达屏幕。

"机长，没有他们的迹象。"他在仔细检查该区域十分钟后报告道。

紧张随着时间的流逝而加剧。敌方的飞船没有出现，汤姆失望地收紧了下巴。

"汤姆，我无法理解！"泰德·斯普林抱怨道，他因这次失败而责怪自己。他抱着希望补充道："也许他们已经回到地

球了。"

汤姆宁可不考虑这个可能性,因为那可能意味着他爸爸死了或者失去了营救的希望。"泰德,看,"他说道,"你确定每次在地球上看见的都是同一地点吗?"

泰德绝望地耸了耸肩:"我非常确定,当然了,那块区域有一部分被漂浮的云朵挡住了,我只看到了几条快速移动的光线,但我确定那看起来像非洲海岸,我甚至能辨别出山脉的线条!"

"山脉?"汤姆重复道,"你能给我画张地图吗?"

"当然。"泰德简要画出他看到的大陆轮廓,并且大致地按地形学呈现出渐变。

"泰德,那些山脉是安第斯山脉!"年轻的发明家惊呼道,"你看到的一定是南美洲!"

"南美洲?"泰德顿感惊愕。

汤姆点了点头:"南美洲和非洲的海岸轮廓非常相似。两大洲都在顶部突出并逐渐变窄,最后在南部一角变成一点,很容易弄混。我们重新计算一下他们的行驶轨迹,我猜我的预感是对的!"

汤姆将飞船让巴德控制,和泰德快速赶往电脑间。他在这里输入了一组新数据,随后,电子脑改变了导航仪的脉冲流,汤姆回到机舱,坐回驾驶员的座位。

巴德投来了质疑的眼神:"汤姆,计算出新航线了?"

"是的！伙计，祈祷好运吧！"

他们以闪电般的速度穿过了地面大气层数千米以上的广袤空间，俯瞰着地球的转动，上面布满海洋和大洲。

突然间对讲机响了。"机长，有发现！"无线电操作员报道说，"看起来像一艘火箭飞船，就在前方！"

这条消息震惊了整个机组。几分钟内，亚弗就用望远镜看到了飞船，过了一会儿透过驾驶员的窗户就能看到了。

"就是它！"泰德呼喊道，"我确信那就是敌人的火箭！"

汤姆点开无线电设备，通过话筒说道："斯威夫特挑战者号飞船呼叫附近火箭！我是小汤姆·斯威夫特！……斯威夫特呼叫附近火箭！……请回复！"

他的呼叫过后是一片寂静，汤姆尝试调了多个频率，仍然没有回应。

"他们是在耍花招。"巴德小声嘀咕道。

汤姆沮丧地点了点头，继续径直向敌方飞船开去。突然间，那架飞船的一侧火箭口打开，一阵烟雾喷出，火箭向挑战者号径直驶来！

"他们在向我们开火！"巴德大叫道。

汤姆的手指向控制面板，将反阴星的斥力装置开到最大。那艘火箭立刻被飞船发出的推动力波线控制在那里，一动不动！它失去势头后驶出了轨道，最后在地球大气层中燃烧

殆尽。

"机长,干得漂亮!"其他机组人员加入进来时泰德欢呼道。

敌方火箭再次喷发火焰,其他火箭也紧随其后。所有都被挑战者号无形的盾牌挡了回去,没造成任何损坏。为了保证充足地对抗炮火的进攻,汤姆将他两台主要的斥力装置发射器投入使用。最后进攻停止了。

"他们看起来像是放弃了!"巴德笑着说道。

汤姆的脸沉重起来:"巴德,我担心如果他们发现无法与我们抗衡,就不会把爸爸活着送回来,而可能将他杀害!"

"天啊!我怎么没想到!"副驾驶员惊慌地凝视着汤姆说道,"我们该怎么做?"

"我想试着再呼叫他们一次!"但当汤姆开始用话筒讲话时,一面白旗出现在敌方火箭的锁风通行道处!

"休战之旗!"巴德呼喊道,"他们一定是要投降了!"

汤姆若有所思地皱着眉头。"那面白旗可能是个诡计,但只有一个方法能弄清楚。"他回复道,"我过去看看!"

"我和你一起去!"巴德自愿地说道。

"好的,亚弗,你来控制飞船,观察仔细点,做好迎接困难的准备。"

"收到!"

两个男孩穿上太空服离开了挑战者号,向敌方的飞船驶

汤姆·斯威夫特和太阳能装置

去。火箭的锁风通行道打开让他们进去。

"我想外面的迎接是个摆设。"巴德说道,满是疑问地扫了同伴一眼。

汤姆耸了耸肩,闭口不言,穿过舱口走到里面,巴德跟在后面。他们身后的外门关闭后,锁风通行道里面的门打开了。在进入飞船主舱前,两个男孩谨慎地停住了脚步,脱去了太空服的头盔。还没来得及收回脚步,强壮的手就把他们抓了进去!

"实在抱歉,"一股浓重的J国口音传来,"但是斯威夫特先生不在这里,你们现在可以把完整的计划交上来了,然后我们会告诉你他怎么了!"

第二十章　营救之役

两人愤怒地盯着抓他们的人。之前说话的是一个矮胖子，两个同伙看起来也是J国人。其中一个光亮的脑壳上除了几缕头发外近乎秃顶，另一个人又高又瘦，有一双猫一般的琥珀眼。

"有何大计？"巴德宣称道，准备用他的拳头招呼这三个人，"你们这些家伙——"

"巴德，住手！"汤姆用手将朋友的胳膊制止住，冷漠地补充道，"你们忘了之前摆出的休战之旗吗？"

那个人嘲讽地答道："国际法在太空中不管用，另外，我又没伤害你们，只是简单地给你提供一笔交易。而且我必须提醒你，我亲爱的汤姆·斯威夫特，那就是你和你的朋友现在是我们的俘虏！"

尽管汤姆感到不安，还是显得底气十足。"你错了！"他反驳道，"等我们占领了这架飞船，你们三个就成我们的俘虏了。"

"你到底是什么意思?"那个人的语调突然变了。

"你们的火箭无法伤害到我们,你们也逃不了,我们的飞船能轻松地超过这艘火箭的速度。另外,"汤姆指出,"我还有一大群机组人员可以马上过来收拾你们三个。如果我和我朋友不能安全地离开这艘火箭,他们就会行动的!"

他的话显然奏效了。三个敌人警觉地交换着眼神,那个矮胖的头目似乎有点不会夸口了。

"请听我说!让我们给你讲明白这件事。"他要求汤姆说,"你们有我们想要的东西,我们可以提供你们想要的信息,为何不合作呢?"

"让我告诉你们物质生成器的秘密,那不可能!"汤姆咬牙切齿地说道,"告诉我,我爸爸在哪儿?你们最好快点把他放出来!还有你是谁?"

那个陌生人拒绝透露自己以及同伙的名字,态度很不明朗:"事实上,我们无法放你尊贵的爸爸出来,因为他已经不在飞船上了。"

"是真的。"其他二人一同说道,拼命地点着头。

年轻的发明家感觉到一阵惊慌。"那他在哪儿?"汤姆质问道。

"他几小时前消失了。"敌人头目解释说斯威夫特先生说感到不适,长时间禁锢后,请求穿上太空服自行到外面活动一下,"我们知道他太空服上有反应激光发射器,他走不了太远，所以就准许了他的请求。"

"嗯，发生什么了？"汤姆等不及地问道。

"突然间，一架看起来很奇怪的飞船出现，把你爸爸拉到上面，就飞走了。我们试图用我们自己的推动力射线跟踪飞船，想把他抓回来。但我们赶不上那架飞船，或把它吸过来，它的行驶速度惊人！"

汤姆问那架奇怪的飞船长什么样。那人回复说飞船呈扁平的碟状，用抛光的蓝绿色金属制成，除了斯威夫特先生从滑动的面板处被带进去的入口外，没有其他明显的入口。

汤姆和巴德会意地交换了个眼神。"听起来像太空方舟！"巴德低声说道，太空方舟指的是那些神秘的飞船，太空上的人用其运送感染疾病的动物。

汤姆心里感到一阵欢喜，他确定营救飞船一定是太空上那些朋友们的。显然，他们最后回应了他求援的信息和请求！

"但是这个说法可能只是个骗局。"汤姆对自己说道。

为了彻底确定敌人没耍花样，汤姆坚持要搜查敌人的火箭飞船。那几个人同意了，但正如他们说的一样，斯威夫特先生没在飞船上。

"还有一个问题，"汤姆说道，"在我爸爸请求外出之前，有没有发生什么异常的事？"年轻的发明家很是不解，爸爸怎么能提前知道会被营救出去。

"你来问这个问题可太奇怪了。"矮胖的J国人疑惑地皱

着眉头回复道，"实际上，有些很奇怪的符号在无线电设备的示波器上闪过，你爸爸看到后，很快就请求外出。"

汤姆和巴德高兴得想大叫，但还是保持了冷静。二人都意识到太空上的人一定给斯威夫特先生发了信息，知道抓他的人无法将其破译。

"我们要走了。"汤姆对三个绑匪说道，"从现在起，你们听从自己政府的决定吧，我建议你们赶快回到地球去。如果那艘碟状飞船回来看到你们还在这儿，我警告你们会发生不妙的后果！"

到现在，三个绑匪已经惊慌发抖。"你一定要帮我们！"他们的头目请求道，"我们不敢回国，也不敢面对组织的其他成员了！把这件事搞砸，还弄丢了人质，回去可能就是找死！"

"你们是哪个国家的？组织的其他成员都是谁？"汤姆质问道。

三人拒绝回答这个问题。从他们的托词中，汤姆怀疑那个组织可能是由不同国家的叛变科学家们组成，总部设在这三人所在的国家。

"我们能给你们提供一种帮助，A国当局可能会给你们提供一些保护。"汤姆没有继续表达他的观点，"也许可以作为推动力射线计划的交换！"

绑匪们默不作声。一心想救爸爸的汤姆继续说道："我会在返回途中进行查询，你们做好决定。巴德，走吧！回我们自己的飞船。"

两个年轻的A国人戴上太空头盔，三个垂头丧气的绑匪没有加以干涉。汤姆和巴德十分高兴地开始向挑战者号走去。

"我真讨厌为那些家伙着想！"巴德笑着说道，"但最重要的是你爸爸是安全的，我实在太高兴了。"

"我也是，"汤姆回复道，"只有一件事我弄不明白。"

"伙计，什么事？"

"我们为什么没能从自己的飞船上获取那条营救信息？"

"我自己也在想这个问题。"巴德说道。

当他们到达登陆平台时，汤姆有了头绪。"也许我们太空上的朋友用了一种方向高度集中的光线。"他沉思道，"如果这样，就能解释得通了。"

刚进到飞船里面，两个男孩就被亚弗、泰德和其他机组人员的问题包围了。

汤姆向他们报告与绑匪的谈话，还有营救斯威夫特先生的计划，大家欢呼雀跃。

"现在我必须从太空上的人那里查明去哪儿找到爸爸。"汤姆总结道。

年轻的发明家在巴德的陪同下快速赶往无线间，用飞船上高效的传送器发出了询问信号。过了一会儿，来自他太空朋友的回复在示波器上闪现。

汤姆将这些数学符号记住再翻译出来,以最快的速度草草记下。完整的消息是:

你爸爸乘坐的飞船在即将驶向金星的航线上,时速65178千米。

"哇!"巴德喘息道,"每小时65178千米,我们有可能赶上它吗?"

汤姆点了点头:"尽管那艘火箭提前六小时起飞,我确信还是可以。挑战者号可以比它更快,并且能长时间加速,这点是和火箭不一样的。"

"我们想想,"巴德说道,"金星距离地球多远?"

"近的地方有4184万千米,远的地方能达到1915万千米。"

"我们要开启一段旅程了!"巴德评论道。

"伙计,没问题。"汤姆笑着说道,拍了拍朋友的后背,"飞船上有我们的物质生成器,就算需要穿越太阳系去追踪那艘碟状飞船,我们都能做到!"

在通过对讲机发出命令后,汤姆快速赶往机舱。他将挑战者号的控制器设定为特定的加速度,飞船疾驰而出,去追赶营救飞船。他们每秒加速15米。

两小时过后,挑战者号大概到了斯威夫特先生的火箭之前所在的位置,这时汤姆开始追赶。

"爸爸大约在我们正前方128747千米处。"他对巴德说道,

"目前我们的速度是每秒112千米。我们要开始减速，所以当我们赶上他的时候将会和他处于同一速度。"

"我明白。"副驾驶员说道，然后不解地补充道，"伙计，最好不要一下子刹车！"

汤姆咯咯地笑："别担心，我现在正在减速———一点点减。"

年轻的发明家抽出时间给前哨站的肯·霍顿发无线电广播，告诉他最新进展。

"真是好消息，"霍顿说道，"汤姆，祝你好运，我们期待你更多的消息。顺便说一下，我有一些企业集团的消息。"

前哨站指挥官继续道："艾姆斯说要告诉你他们已经抓住了那个试图篡改《期刊》的人，当时期刊在华纳小姐的桌子上。"

"是谁？"

"一个叫安伯森·林特纳的新员工，艾姆斯说这个人已经被拘禁，华纳小姐因在办公室的疏忽和交友不慎，几乎崩溃。"

艾姆斯说安伯森之前以想约这位秘书为借口，去了她的桌前。随后趁她不注意，他溜进了斯威夫特的私人办公室窃取信息。

有一次他差点被抓到，他就是那个偷听的，还撞倒了架子上的瓶子和发明模型的人。

安伯森也是破坏印刷版的始作俑者,还编了故事说是那条狗造成了这起"意外"。这名不诚实的员工一直以来都在和一位化名为汉普郡的阴险律师勾结,而这两个人都成了外国组织的傀儡。

"我们返回地球时想要调查的那几个人,就是这个组织的一部分。"汤姆说道。

霍顿补充说安伯森和汉普郡都曾用见不得人的手段逼迫泰德·斯普林说出关于太阳能装置的秘密信息。两人都曾给泰德打过电话,那场车祸也是他们蓄意所为。另外,对斯普林先生爆破测试飞机中伺服器的重检也与之前的发现吻合。并非是斯威夫特家有何疏忽,才导致了事故。

"汉普郡以为泰德会把他的话当真。"肯·霍顿说道,"顺便提一下,汉普郡已经进监狱了。"

霍顿继续说着,汤姆得知国外组织中那些无耻的科学家们一直在被追踪,终于在逐一核对《期刊》邮寄清单上时暴露了。收到关于太阳能装置的设计等式后,那个组织想进一步得知汤姆伟大发明的欲望更强烈了。他们之前策划了两起绑架,为的就是套出关于装置的整套计划。

"爸爸得知一切后一定会很开心的。"霍顿说完后,汤姆说道,"肯,谢谢你的消息。"

他刚说完"收到",另一条消息闪现了,这次是那些J国人发来的,他们要回到自己的国家去了!

"这样也好。"汤姆评说道。

"你可以发明一台更好的推动力射线设备。"巴德安慰他说。

"那是个挑战。"汤姆同意道。

年轻的发明家再一次将注意力集中在挑战者号的进程上。

"我们离目标还有多远?"巴德向他询问道。

"我们减速到每秒48千米,爸爸离我们只有27358千米了。"汤姆激动地宣布道,"我们很快就能手动控制了。"

不一会儿,金星以一个小绿点的形式出现在太空定位屏幕上。接下来的一刻,雷达操作员报告道:

"机长,正前方有物体出现!"

"是你爸爸的火箭!"巴德惊呼道。

几分钟过后,漆黑的太空巨洞中出现一颗闪亮的光点,它逐渐增大,最后变成了可识别的碟状太空方舟。

"这就是月球上的那艘火箭,我现在想起来了!"乔欢呼道,"它看起来很像那艘携带太空中生病动物的碟状飞行器。头儿,一定是它,对!"

汤姆点了点头,欣慰地笑了。在追上那架形状怪异的飞行器后,他将挑战者号锁在与其平行的轨道上。过了一会儿,方舟的滑动板打开,一个穿着太空服的身影进入视线。

"是爸爸!"汤姆欢喜地呼喊道。

一分钟过后,斯威夫特先生毫发无伤地从锁风通行道

经过。

父子重聚的画面很感人,他们紧握双手,互相拥抱。随后,斯威夫特先生和泰德互相欣慰、欢喜地打着招呼。

"再次见到你们真是太好了,"斯威夫特先生哑着嗓子说道,"汤姆,你妈妈和桑迪都还好吗?"

"她们知道你安然无恙就会好的。"汤姆笑着说道,"我们在回前哨站的路上就把消息发出去。"

机组人员纷纷致贺,并与他们握手,之后斯威夫特先生陪汤姆去了无线电机舱,他们在这发出消息说斯威夫特先生已安全登陆挑战者号,即将驶回。

在汤姆向他爸爸全面叙述了由肯·霍顿传达给艾姆斯的消息后,斯威夫特先生满意地点了点头。

"很高兴能回家了。"老发明家说道,"这段时间以来,尽管没有J国人来注射招供剂,我也暂时不想探险了。汤姆,你怎么样?"

"当我看到菲利斯和大家后,我会为一切情况做好准备。"汤姆答道。

当挑战者号行驶在返回前哨站的途中,巴德转向他的朋友:"汤姆,嗯,我们什么时候建立月球移居地呢?"

汤姆大笑着。"我们一准备好就这么做,我还有许多实验和项目要完成。所以,凭借大家的努力,我确信我们很快就能在月球上建立第一块根据地。"

"呀呼！"乔欢呼道，"想象一下吧——住在第一个月球小镇是什么样！"

"乔，说得没错。"汤姆笑着说道。

巴德补充道："你敢用机长的太阳能装置做烤牛肉！"